蒼瞳（そうとう）の騎士（きし）

浮世絵宗次日月

西洋人女性医師**アリシア**の手に握られた**銀色に輝く騎士刀（サーベル）**。真っ直ぐな剣身は非常に鋭利で、**「板金鎧（プレートアーマー）」**を貫くほどの威力を誇っている。騎士刀（サーベル）には**峰（みね）のある片刃サーベル**と両側に刃のある**両刃サーベル**が存在する。甲冑（かっちゅう）が進化した戦場でも万能に使える武器で、明治期には日本の軍隊でも用いられていた。

口絵イラスト／鈴木康士　文／編集部

荒波を越えたオランダ商館長付き医官、アリシア

我が国と蘭国の交流は四百年以上前、慶長五年（一六〇〇）に遡る。豊後国（現大分県）臼杵に**三百トン**の**帆船リーフデ号**が漂着したのが始まりだった。神君家康公は乗船していた船員ヤン・ヨーステン、英国人航海士ウィリアム・アダムズらを大坂に召し出し、彼らを**厚く**重用した。慶長十四年（一六〇九）にはオランダ東インド会社の帆船が平戸に到着。家康は**ポルトガル人勢力を駆逐**するため、蘭国に**朱印状**を与え、貿易を開始する。以後、オランダ商館が**長崎出島**に移された後も、多くのオランダ人が入国を果たしている。

本作に登場する西洋人女性**アリシア・デ・ウトレーラ**もその一人だ。オランダ商館長付き医官として、帆船で幾多の荒波を乗り越え、**浮世絵師宗次**と邂逅する。それが彼女と宗次の【**運命**】を大きく左右することは、まだ誰も知らぬことだった……。

蒼瞳の騎士（上）

浮世絵宗次日月抄

門田泰明

祥伝社文庫

一

宗次は疲れ果てている自分を感じた。行けども行けども櫓を漕ぎ続けている自分であった。小舟ではなかった。大きな船で米俵を山積みしているのに、宗次は自分以外、乗組員の姿を一人も見かけなかった。幾日も幾日も、日が沈み朝陽が上がるのを眺めて来たというのに、口に入れる物は魚介のひと切れも無く、焼ける程に渇いた喉に海の水を流し込むだけだった。それでも不思議なことに、空腹は殆ど覚えなかった。しかし海の水はさすがに喉に痛く染みた。

自分ひとりの櫓を漕ぐ力で米俵を山積みした船が進むことに、宗次は疲れ果てながらも〝妙に満足〟した。なぜか時折、左の胸のあたりに痛みが走ったが、〝妙な満足感〟で余り気にならなかった。欲しいのは塩辛くない真水だった。美味しい真水を思い切り飲みたい飲みたいと思いながら、宗次は一生懸命に櫓を漕ぎ続けた。西陽が早、今日も水平線に触れかけている。

「ああ、また日が沈む……」

と、宗次は少し恐れた。夜の空には月や星があっても、海は毎夜吸い込まれそうになるほど真っ暗だった。いや、真っ暗という言葉よりも、真っ黒という言葉が似合うかな、と宗次は思った。夜になっても、彼は櫓を持つ手を休める事が出来なかった。休めれば、船が推力を失って地獄の果てに流されるような気がした。ある満月の夜などは巨大なサメが船縁（ふなべり）までやって来て、熟（じ）っと睨（にら）みつけるのだった。そしてときどき口を開けては歯（キバ）を剥（む）き出した。宗次はその度（たび）に櫓を振り上げてサメの頭を叩（たた）いた。するとサメは大声を立て月明りで歯（キバ）を光らせながら勝ち誇ったように笑った。本当に人間のように「うははは っ……」と笑ったのだ。宗次は死を覚悟した。俺の頭は少しおかしくなってきたと思いつつ、死ぬ前にほんの少しでもよいから、ああ思い切り真水を飲みたいと思った。

　弱気になったそのような宗次の目の前で、漁師たちの間で『荒ぶる海賊』の異名が広がっているシャチが一撃のもとにサメを追い払ってくれた。シャチがサメよりも遥かに強いことを、宗次はこのとき初めて知った。

「気を付けて櫓を漕ぎ続けなさいよ」

「はい。ありがとうございます」

「海に落ちるようなことになったら、すかさず私が食べてあげます」

「恐縮です」

「お名前は?……」

「宗次と申します」

「宗次さんですか。いい名前ではありませんか、宗次さん」

「そうでしょうか」

「サメなんぞに食べられてはなりませんよ宗次さん。宗次という名をお大切に……」

「あまり顔を私の耳へ近付けないで下さい。サメは怖いが、あなたは何だかもっと怖い」

「おや、サメから救ってあげたのに失礼なことを言いなさる。じゃあ、ちょっとお仕置きをせねばなりませんかな」

　宗次はシャチの鰭で頰をパタパタと叩かれ出した。痛くも何とも無かった。やさしい叩かれ方だった。その証拠に、シャチは目を細めて笑っていた。いたずらっ子のような表情だった。ところが、その表情がゆっくりと次第に、変わり始めたので宗次は驚いた。シャチの圧倒的に迫力ある面貌が少しずつ溶けるようにして、人の顔を形作り出したのだ。間違いなかった。人面だ。

　宗次は背すじのあたりから、強烈な熱い光のかたまりが一気に後頭部へと跳ね上がり、次に額の内側で鋭く炸裂し、音立てるのを感じた。

もはや気のせいではなかった。はっきりと感じた。全身に痺れが走る程に。

宗次は呻いた。苦し気に呻く自分の姿がよく見えていた。

彼は目を見開いた。見知らぬ顔、それも金髪の女性の端整な顔が直ぐ目の前にあった。

十代とかの年若い顔ではなかったが、二十代を少し過ぎているという程でもなかった。二十七、八くらいか、と宗次は咄嗟に捉えた。

その金髪の顔が空色の瞳を納めた切れ長な二重の瞼を細めて、微笑みながら何やら喋った。ああこれは西洋人の言葉であるな、と宗次は思ったが何を言っているのかは判らなかった。

と、間近にあり過ぎた金髪の顔がスウッと引っ込んで、素早く入れ替わるようにして白口髭の若くはない男の顔が現われた。

「せ、先生……」

宗次は思わず声を出そうとしたが、出し切れなかった。低い声で呻くだけだった。

湯島三丁目の白口髭の蘭方医**柴野南州**、宗次とは切っても切れない間柄の名医だった。内科と外科を担っており、宗次が幾多の闘いで体に受けた深浅の傷は、その殆どが柴野南州の医術の世話になっている。

蘭方医とは言っても、宗次時代における在府医師の蘭方医術はまだまだであった。だいいち蘭方医術を教授する『機関』が整っていなかったし、その医術を臨床的に伝授出来るレベルに達した『講師』も存在していない。今は『有能で積極的な在府医師が手さぐりで』西洋医術を学んでいる段階でしかなかった。

ただ、柴野南州ほどの老練になると、自弁で長崎へ幾度も足を運んで、蘭方医術に臨床的に触れる苦労を積んでいる。

南州が宗次に顔を近付け囁くようにして言った。

「頷くか首を横に振るかだけで答えなさい。いま私が言ったことは、はっきりと聞こえているかね」

宗次は頷きで応えた。

「いま寝ている姿勢で、体のどこかに痛みを感じているかね」

宗次は首を横に振り、南州が微かに表情を緩めた。ホッとした表情、宗次はそう捉えた。

「水は飲みたいかね」

海の水をたくさん飲みましたから、と胸の内で呟きながら宗次は首を横に振った。

「空腹はどうであろうか。次に述べる料理のうち何番目を食したいか、瞬きの数で教えてくれたまえ。ゆっくりと言うから、いいかね。お粥(かゆ)、蜆(しじみ)の味噌汁(みそしる)に御飯(ごはん)、煮(に)魚(ざかな)に蜆の味噌汁に御飯……どれかね？」

　宗次は瞬きを二度して応えた。空腹感は全く無かったのだが、日頃から蜆の味噌汁は好物(こうぶつ)であった。

　柴野南州の姿が宗次から離れて、少し離れた所で白衣の三人が何やら小声で話し始めた。宗次はその三人を右手の視野の端(はし)で捉えながら耳を澄(す)ましたが、一言も聞こえなかった。白衣の三人は柴野南州、先程の瞳が青い金髪の女性、そして見知らぬ小柄な年輩の男——日本人——の三人だった。瞳が青い金髪の女性は、背が高く大きな胸をしていて、白衣のポケットに両手を入れていた。南州先生の白衣姿はこれまでに見(み)馴(な)れている宗次であったから、驚きはしなかったし珍しさもなかったが、瞳が青い女性の胸の大きさには、宗次は思わず息を呑(の)んでしまった。本当に大きな胸だった。

　三人の話は長引いていた。

　宗次は自分が置かれている部屋の様子を、柴野南州診療所の重病人に当てられている個室であるな、と知った。重い刀創(とうそう)を負(お)って運び込まれ手術されたあと、幾度となく療養したことのある個室の寝床(ベッド)の上だ。またしても南州先生に迷惑を掛けてしまった、宗次はそう思った。

南州がむつかしい表情で宗次の傍に戻って来たが、あとの二人は病室から出ていった。

「今度ばかりは本気で心配した私だが、どうやら術後の経過は順調と判断できそうだ」

南州はそう言うと、「うん……」と付け加え深深と頷いてみせた。

実はこのとき宗次は、自分の身に何がどのようなかたちで襲いかかったのか、よく理解できていなかった。

自分が負傷しているのだという自覚は、ぼんやりとあるにはあったが。

少なくとも、その負傷のせいで四、五日は眠っていたのでは、という思いもあった。

南州が後ろにあった木の椅子をガタゴト言わせて引き寄せ、宗次の枕元に腰を下ろし顔を近付けた。

「いいかね。よく聞きなさい。聞くだけで宜しい。喋らなくてよいから……そしてね、このような怖い手術は二度と私にさせないでほしい。宗次先生の左胸には、小さな穴が開いたのだよ。一発の鉄砲玉でね」

言われて宗次は、ぼやけた頭で「あ……」となった。パーンという銃声が先ず左耳の奥で生じ、その音が右の耳に移って記憶をめまぐるしく甦らせ始めた。

　南州は言葉を続けた。

「心の臓の直ぐ下だった。大切な血の道（血管）が一本傷つき、たいへんな出血だったのだよ宗次先生。血が止まらなくて止まらなくて……」

　そう言いながら南州は目尻を指先でそっと拭った。宗次を救えたという安堵の気持が、今頃になって漸く込み上げてきたのだろうか。

「だが、これ迄も幾度かそうであったように、宗次先生には**幸運の神**が付いていなすった。つくづく私はそう思うのだよ本気でね。ま、その**幸運の神**は、私の勉強熱心が呼び寄せたもの、と少しくらい自慢させてほしいのだが……」

　そう言って微かに、チラリと笑った南州だったが、直ぐに真顔に戻った。

「宗次先生が、それこそ手足血まみれとなった町の衆たちによって此処へ担ぎ込まれたとき、先程の金髪の綺麗な女性と小柄な年輩の長崎の男がいたのだよ。これはもう幸運中の幸運という他なくってね……」

　南州はそこで感きわまったのであろうか、思わず声を詰まらせた。

　宗次は豊かな肢体を白衣で包んだ金髪の女性と、小柄な長崎人が何者であるか早く知りたかった。

南州がゆっくりとした口調で、念を押すようにして告げた。

「あの美しい金髪の女性はね、第四十八代オランダ商館長として長崎に赴任したアルベルト・ブレフィンク（Albert Brevincq）付きの外科の医官なんだよ。もう一人の小柄な長崎の男は、オランダ語の通詞（通訳）でね」

宗次は瞬くかわりに、はっきりと頷いてみせた。

「私の手に負えないところは全て、彼女が引き受けてくれたのだ。ただ、止血の手術では彼女も相当に苦労しておった。が、彼女は遣り遂げた。私なら、宗次先生を死なせていただろう。間違いなく」

そんな事はありませんよ南州先生、と首を横に振って意思表示をしようとした宗次であったが振れなかった。横に振るには、余りにも重く感じた首から上だった。

「大手術を終えてから、宗次先生は幾日の間、眠っていたと思いなさる？……二十五日……二十五日もの間、眠っておられたのじゃ。鍛え抜かれた体力の御蔭じゃろ。それでも全身の肉は落ち、肋骨は浮きあがってきてなあ……」

そこで南州は言葉を飲み込んだ。目が赤くなっていた。宗次の症状の危機的な状況を振り返り、更に感きわまったのであろう。

「その危機を乗り切ったのは、私でもなければこの診療所の医生たちでもない。あの金髪の女先生なのだよ。瘦せ細るばかりの宗次先生の危機をどのような手法で救ったのかは、元気を取り戻してから自分の口で女先生に訊くが宜しい」

宗次は頷いた。小さくだが首を縦に振ることには、それほど苦痛を覚えなかった。

「さて、宗次先生……」

南州の表情と口調が不意に改まった。暗く改まった、と宗次は感じた。

「宗次先生が昏睡し生死の境をさ迷っている間に、色色な事が生じました……」

そこで言葉を休めた南州は、宗次を睨みつけるようにして、一度息を深く吸い込み言葉を続けた。

「宗次先生が心身鍛え抜かれた鉄人であると知っている者として、心を鬼にして今から辛い事をお話しせねばならない。ぐっと耐えて聞いて下され。宜しいな……実は、宗次先生が此処へ運び込まれてから五日後の暮れ六ツ頃（午後六時頃）、西条山城守貞頼様（若年寄心得にして番衆総督）の御屋敷内に設けられております女性教育塾の『井華塾』が、謎の爆発炎上を起こし……」

そこまで聞いて宗次は「うおっ……」と唸り上体を起こそうとしたが、五体の自由はまだ利かなかった。宗次はもう一度呻いて、くわっと眦を吊り上げた。

「宗次先生。ぐっと耐えて最後までこの私の話を聞いて下され。最後まで聞いてくれぬと、心を鬼にして打ち明けようとする私の方が潰（つぶ）れてしまう。私は今、手術用のメスを己（おの）れの喉（のど）へ突き立てる覚悟で喋っておるのじゃ」

南州は遂（つい）に、両の目からはらはらと涙を流し出した。

それを見たことで宗次の全身から、急激に力が抜けていった。南州の涙を**最悪の事態**と捉えたのだ。

南州が震える声で話を続けた。

「炎（ひ）の勢いが余りに強くてのう。腕のよい棟梁（とうりょう）たちによって建てられた頑丈（がんじょう）この上もない井華塾の建物は破壊され全焼してしまったのじゃ」

破壊・全焼という言葉が南州の口から出た途端、宗次の全身はガタガタと音立てるが如（ごと）く激しく震え出した。

それでも南州は言葉を休めなかった。目を真っ赤にして語り続けた。

「その爆発炎上があったとき、**塾内**では武家以外の女性たちをも積極的に塾生に迎え入れることを議題として、会議が開かれておりましたのじゃ。塾創立者の美雪（みゆき）様、塾事務を**統括**しておられた西条家**奥取締**の菊乃（きくの）様、そして教授や講師たち十一名。会議に出席していたこの方方（かたがた）全てが……炎の勢い非常に強かったことで犠牲（ぎせい）に……」

宗次は涙を流すことを忘れ、ただ震えながら天井を眺め続けるしかなかった。

美雪が亡くなった……南州の口から出たその言葉が、まだ信じられなかった。信じられなかったから、かえって体は激しく震えた。なのに一粒の涙も込み上げてはこなかった。

二

次に宗次が目を覚ましたのは、南州から悲報を告げられてから五日後のことであった。むろん宗次には、五日が経った、という自覚などはなかった。

宗次は、閉じていた瞼の外側が次第に明るくなっていくのを感じて、薄目を開けた。

病室が変わっている、と直ぐに判った。けれども見知らぬ病室ではなかった。これまでに重傷を負って二、三度世話になったことがある、中庭に面した病室であると判った。むろん個室だ。

天井に向けていた視線を左――中庭の方――へ向けようとすると、それに釣られるようにして自然と首が動いた。

窓障子は開け放たれ、雲ひとつない青空と中庭に植わっている背の高い柿の木が、視野いっぱいに飛び込んできた。

「よく眠っておられたのう。気分はどうじゃ」

不意に反対側で穏やかな野太い声があったので、宗次は首をそっと捻った。

壁際の床几からゆっくりと腰を上げた若年寄心得にして番衆総督の西条山城守貞頼九千五百石が、宗次の寝床に近寄った。

「ち……義父上……」

宗次は力みを喉に集中させた。

かすれた声が、辛うじて口から出た。

山城守が頷いて言った。

「今は何も喋らずともよい。父子の話は傷が癒えてからじゃ」

「み……美雪が……」

「運命と言う他ない。美雪がこの世から消えても、我らは父子ぞ。宜しいな。我らは父子じゃ。体も順調に回復しているようじゃ。癒えたら、ゆっくりと語り明かそうぞ」

「は、はい……」

山城守は宗次の頷きに対し、矢張り頷きで応じると、宗次の目尻に浮き上がった涙の粒を、武人らしいごつごつとした指先でそっと拭った。

その優しさに宗次は目を閉じ、唇を小刻みに震わせる他なかった。

ほんの寸陰ののち彼が目を見開くと、寝床の枕元に立っていた山城守の姿は既に消えていた。

宗次は、義父の身が全く無事であったことを我が目で知り、漸く体のひと隅が、人心地つくのを覚えた。深い悲しみの中の、小さな〝人心地〟であった。

再び宗次は、眠りの中に引き込まれていった。眠ること、それは強靱であった彼の肉体が、回復に向かって勢いを増し始めた証であった。

大剣聖であり、恩師であり、実の父と称してもよい今は亡き従五位下対馬守**梁伊隆房**に鍛え抜かれた精神と肉体である。その心身が今、炎煙を噴き出しかけていた。

宗次が落ち着いた寝息を立て始めた。

と、病室の扉が音も無く静かに開き、あの金髪の女医がそっと入ってきた。まさに、宗次の眠りの邪魔にならぬようにと、そっと、であった。

彼女は宗次の額に右掌の指四本を軽く触れ、熱は無い、と確認できてホッとしたように口許に笑みを浮かべた。

その彼女が、呟いた。何とかなり流暢な日本語であった。

「ソレニシテモ……凄イ　体力……日本ノ男ハ……本当ニ　強イ」

呟き終えた彼女は、暫くの間、宗次の寝顔に熟っと見入っていたが、やがて足音を忍ばせるようにして病室から出ていった。

まるでそれを待っていたかのように、このとき眠っている宗次の口からポツリと言葉が漏れた。

「おのれ……」

続いて、カリッと奥歯を噛み鳴らす音。

果たしてそれは、宗次の深い悲しみが、怒りへと姿を変え出したことを意味しているのであろうか？

病室の扉が再びそろりと、半開きに開いた。

顔を覗かせたのは南州であったが、宗次の穏やかな寝息に安堵したのか、直ぐに扉は閉まった。

夕方になって宗次は眠りから醒めた。深く心地良く眠っていた、という感じがあった。

体の軽さをも、彼は感じ取っていた。

そろりと体を起こしてみよ、という誘いが、頭の後ろあたりに生じた。

その誘いに、宗次は乗った。それこそが体力の著（いちじる）しい回復を示すものであったが、そのように意識する余裕は、まだ彼にはなかった。

宗次は、腹筋に力を入れぬよう、先（ま）ず右肘（みぎひじ）をくの字で寝床（ベッド）につけ、次に体を用心深く右へと横たえつつ、右掌を広げて寝床（ベッド）に当て、手首に力を集中させた。このあたりは常人を遥かに超えて鍛え抜かれた剣客（けんかく）としての力の配分が働いていた。

柴野南州診療所へ担ぎ込まれてから、実にひと月振りに彼は寝床（ベッド）の上に体を起こしたのであった。手術を受けたという左胸にも、痛みは感じなかった。

障子窓が閉じられた病室には、壁掛けの防火式小行灯（こあんどん）が点（とも）されていたが、室内は薄暗かった。

「いささか腹が減ったな……」

宗次の口から、呟きではなくはっきりとした言葉が漏れた。今なら何でも食せる、とも思った。

病室の扉が開いて小行灯の明りが小さく揺れたのは、この時だった。

金髪の女医が、病室に入ってきて、体を起こしている宗次に、驚いて近寄った。

「ヨク　起キラレマシタネ。シカモ　一人デ起キタノデスネ。大丈夫デスカ？」

「ええ。平気です……」

「ヘ、イ、キ　トハ？」

「あ……大丈夫です」

「胸ニ　痛ミハ　有リマセンカ？」

「ありません。大丈夫です。先生が助けて下さったのですね。有り難うございます。

いま私が言った言葉、判りますか」

「ハイ　殆ド　判リマス」

「日本の言葉、お上手ですね。誰かに教わりましたか」

「オランダ商館長付キノ　医官トシテ　日本ニキタノハ　二度メデス。自分デ　苦労シテ覚エマシタ。マダ　判ラナイ言葉　多イデス」

「それだけ話せれば立派です。日本人として、先生に敬、意、を表します」

「敬意ヲ　表シマス。ソノ言葉　判リマス。アリガトウ　ゴザイマス」

「ところで先生。腹が減りました。判りますか？　何か食べたくなっています」

「ナニカ　食ベタイ？……ソレハタイヘン　良イ傾向デス。南州先生ト　相談シテキマショウ。スコシ　待ッテイテ下サイ」

「立派なものです」

「エ？……」

「金髪先生の日本語、立派なものです。素晴らしい。それだけ話せれば本当にもう充分ですよ」

「キンパツ先生？……私ノコトデスカ？」

「そうです。先生の髪の色、日本語で金髪と言います。とても美しい」

「キンパツ……日本へ　二度　キテイマスガ　初メテ知ッタ　言葉デス。トテモ　気ニ入リマシタ。デハ　南州先生　ト　食事ノ　相談ヲ　シテキマショウ」

金髪の女医は、にっこりとした笑いを残して、病室から出ていった。

なぜか、若年寄心得にして番衆総督の西条山城守貞頼の武人らしい精悍な顔が、ふっと宗次の脳裏を過ぎった。

三

翌朝、宗次は金髪の女医に見守られながら、朝陽が心地良く差し込む病室の寝床の上で、玉子焼き、魚の煮つけ、味噌汁、漬物、御飯を各各少量ずつであったが残さず食した。昨夕も同じ程度を食している。

「母親に見守られて食べているような気分でした」

宗次は、箸置きの上にきちんと箸を置き、金髪の女医と目を合わせて微笑んだ。

「マダ　喉ニ　詰マル恐レガアルタメ　見守ッテイルノデス。迷惑デシタカ？」

「そのようなことは、ありません。有り難く思っています。あのう、金髪先生は私の名を御存知ですか……御存知、の意味わかりますか？」

「フフッ……ハイ　判リマス。絵描キ仕事　ノ　宗次サン　デスネ。南州先生カラ　ソノヨウニ　オキキシマシタ」

「ははっ……**絵描き仕事の宗次**、ですか。はい、ま、それでいいです。これからは宗次と呼んで下さい。大恩人である金髪先生の名も、知りたいですね。ぜひ、教えて戴きたい」

「ソノ前ニ　ヒトツ　オキキシマス。絵描キ　ノ　宗次サンハ　刀ヲ　オ持チデスネ。立派ナ　刀ヲ　南州先生ガ　タイセツニ　預カッテイマス。絵描キ　ノ　宗次サンハ　侍　デスカ？」

「うーん……正直に金髪先生に打ち明けましょうか……はい……私は絵描きであると同時に、侍でもあります。今の私の言葉に、難しいところありますか？」

「イイエ　ヨク　判リマス。大丈夫デス。ソウデシタカ。宗次サンハ　絵描キ　デ　侍デスカ。ドウリデ　私　ノ　手術ニ　ヨク　タエラレタ　ハズデス。タイヘンナ　体力デアリ精神力デス」

「ほほう。精神力という言葉まで、御存知でしたか。あ、先生。御名前を……」

「**アリシア・デ・ウトレーラ**（Alicia de Utrera）と申します……」

「え？……すみません。もう一度……」

「フフッ……日本人ノ 耳ニハ スコシ 聞キトリニクイ デショウネ。アリシア・デ・ウトレーラ デス。**アリシア** ト 呼ンデクダサイ」

「アリシア・デ・ウトレーラ先生……ですね」

「マア……素敵ナ 発音デス コト。スコシノ 不自然サモ アリマセン」

「ははっ。そうですか……改めてお訊きするまでもないと思いますが、先生はオランダ商館長付きの医官として日本へ来られたのですから、オランダ人（当時は**紅毛人**（こうもうじん）表現）でいらっしゃいますね」

「父ハ オランダ人。母ハ エスパニア人（英語ではスペイン人）デ トモニ 医師デス」

「ほほう。すると先生は？」

「私（ワタクシ）ノ 名前ソノモノハ エスパニア人 トシテノ名前 デス。デモ オランダ人 トシテ 父ニ ソダテラレマシタ。母ハ エスパニアコクオウ（スペイン国王）カルロス ニセイ（2世。在位一六六五～一七〇〇年）ツキノ イカン（医官）ノ 一人デシタ。マタ 医師デアル母ノ家系ハ上流騎士ノ家柄デス。有名ナ騎士ヲ幾人モ出シテイマス」

宗次は黙って頷いた。**コクオウ**という彼女の表現から、話の内容をほぼ確実に理解し捉えていた。宗次とアリシアがこうして話を交わしながら、その絆を少しずつ深めていくなかで、二人に関係深い**王二人**が、今も次第次第にその命を縮めつつあった。ひとりは改めて言うまでもなく、日本国の**事実上の王**であり幕府最高将軍である**徳川家綱**、そしてもう一人は執政に熱意を持たず閣内の汚職に厳しく注意を払わず自らも遊興に耽ったスペインの凡庸王**カルロス2世**である。このカルロス2世が一七〇〇年十一月に嗣子なく没すると、やがて空位となった王座を巡ってヨーロッパの列強を巻き込んだ激烈な**スペイン継承戦争**が勃発し、なんとこの『権力戦争』は一九三九年三月二十八日に内戦（スペイン内戦）が鎮まるまで烈しく尾を引くのだった。

一九三九年と言えば、独・伊が軍事同盟に調印し、独軍がポーランドに侵入して第二次世界大戦が勃発した年だ。大光雲が激しく渦巻く**大宇宙**の果てから眺めた**地球**というのは小さ過ぎてチリ屑ほどの値打もないのに、人間というのは、**特に独裁者**というのは何を血迷うて、この小さな小さなチリ屑ほどの価値も無い地球上で一体何を**『穴だらけ』**にしようと荒れ狂って来たのか。地球から一度遠く離れた大宇宙へひとりポツンと旅立ち、その彼方より地球を眺むれば宜しい。

とてもとても小さくて、針の先ほどもなく小さくて、見付かりゃあしないから……。ゾッとするほど余りにも小さくて。

病室の扉が鳴って、南州先生が入ってきた。いつもなら主治医として扉を鳴らすことなく入ってくる南州ではあったが、今は室内にアリシア女医がいると承知しての配慮なのであろう。

「おお、随分と良い顔色じゃな。結構結構……」

目を細めて頷いてみせる南州に、アリシア女医は寝床から少し離れて、南州に場所を譲った。

「気力はどうかね」

「充分に戻ってきたと感じています」

「鍛えられた体とは言うても、余り長く寝床の上に横たわっていると、足腰が衰え過ぎて、その回復にかえって刻を要することになる。そろそろ外の空気を吸ってみるかね」

「ぜひ、そうさせて下さい南州先生」

「どうだろう、アリシア先生……」

南州は後ろへ顔だけ振り向けて、間近にいるアリシアに同意を求めた。宗次の治療責任はこの診療所の責任者である南州にあるとは言っても、手術のメスを執(と)ったのはアリシアであって、南州は脇役だった。アリシアの意見が重要になってくる。

　が、アリシアは明るい笑顔で言い切った。

「モウ　大丈夫　デス。充分ニ　ヘイキ　デス……」

　宗次との遣(や)り取りで覚えた〝平気〟表現をさっそく用いたアリシアであったが、南州は気付いていない。

　アリシアが言葉を休めずに、続けて言った。

「南州先生　私(ワタクシ)ガ　絵描キノ　宗次サンニ　付キ添イマス。オ任セ　下サイ」

「判りました。私は外来や入院の患者に手を奪われているので助かります。ひとつ宜しく頼みます。あ、さっそく例の物を用いるのですね？」

「ハイ。イキナリ　歩クノハ　マダ　危ナイデス。マズ　例ノ物ヲ　用イテ……」

「では、此処へ持ってきましょうか。ちょっと待っていて下さいアリシア先生」

「私(ワタクシ)　モ　個人的ナ　モノヲ　スコシ　調エタイト　思イマス」

「そうですか。……じゃあ宗次先生、アリシア先生の準備が整い次第ということで宜しいですね」

「はい。判りました南州先生。あ、それから、大きい方の刀を持ってきて下さい。何かの時に杖がわりになりましょうから」

「そうだね。うん……」

二人の医師が、病室から出ていった。

二人の医師の間で交わされた**例の物**が何を指すのか、宗次には見当もつかなかった。出来れば爆発焼失して多くの犠牲者を出したという**井華塾**の跡を訪ねたい、宗次は、そう思った。

また悲しみが込み上げてきた。

四

南州先生とアリシア先生の話し声と共に、ガラガラという何かが回転しているような音が、病室の外から聞こえてきた。

（一体何の音だ……）

宗次が怪訝に思ったとき、病室の扉が開いて先ず南州先生が宗次の大刀を手にして入ってきた。アリシアとの会話による笑みが、まだ口許に余韻を残している。

続けて金髪美しいアリシアが、ガラガラという音と共に三人の医生を従えて病室に入ってきた。

宗次は、その音の正体に驚きながら、南州が差し出した大刀を受け取った。

「若しかしてそれに私が座り、誰かが後ろから押してくれるという事ですか？」

宗次はアリシア先生の目を真っ直ぐに見つめて訊ねた。

「絵描キノ　宗次サン　ヲ　手術シタ　イシ（医師）ノ　責任ジョウ　コノ　クルマ　ハ　私ガ　オシマス」

アリシアはそう言って、にっこりと微笑んだ。

彼女がガラガラと音をさせて病室に持ち込んだ物は木製の、現在で言うところの車椅子（silla de ruedas スペイン語）であったが、宗次にとっては初めて見るものだった。

南州が笑顔で言った。

「宗次先生もよく知っている、診療所へ出入りの若いが腕のよい大工の源助。あれが拵えたのだよ。アリシア先生が伝えた車椅子の構造そのままにね。間に立った通詞（通訳）は細かい部分で少し苦労していたが、出来あがったのを見て、いやあ、この南州もびっくりしたねえ」

「車輪も何もかも木作りのようですね。さすがは源さんだな」

感心したように宗次が眺め眺め言うと、アリシアが真顔であとを引き継いだ。

「コノ 診療所ノ トコロドコロ ニハ サカミチ（坂道）ガ アルタメ 源助サンハ 車ノ回転ヲ 抑エタリ ユルメタリ スル スゴイ 仕組ヲ 考エテクレマシタ」

そう言いつつアリシアは、座面の脇に一尺（約三十センチ）余の高さで立ち上がっている筒状の柄を、手前へ引いたり、前方へ押したりしてみせた。

アリシアのその操作を見ただけで、宗次には車輪の部分にどのような仕組が加えられているのか、大凡の見当がついた。なにしろ腕のよい源助の気性や考え方をよく知っている宗次である。

「じゃあ、アリシア先生。面倒を掛けますが宗次先生のこと、ひとつ宜しく御願いします」

南州のその言葉で、それまで控えていた医生三人が手伝って、宗次を車椅子に座らせた。

アリシアに押された車椅子は、彼らに見送られるようにして、診療所の表口ではなく裏口から通りへと出た。

他の患者たちの目になるべく触れぬように、との南州の配慮だった。

青青と広がる空と、緑豊かな田畑と、野鳥の囀りが宗次とアリシアを包んだ。

「アア 気持ノヨイ風景ダコト。オランダノ 田舎ヲ 思イダシマス」

「アリシア先生は、いつまで日本に滞在の予定ですか。滞在の意味、判ります？」

「ハイ判リマス。**アルベルト・ブレフィンク** Albert Brevincq（第四十八代オランダ商館長）ハ今年ノ十一ガツ十一ニチマデ滞在ガ認メラレテオリマス。デスカラソノ日ガクレバ私モ彼ト共ニ長崎カラ帰国シマス」

「この江戸には、いつまでおられるのですか」

「絵描キノ宗次サンガモウ大丈夫ト判断デキタラ長崎へ戻リマス。幕府へ挨拶ノタメニ江戸へキテイタオランダショウカン（オランダ商館）ノ一行ハスデニ長崎へ戻ッテイマス」

「私の治療のために、アリシア先生だけが足止めを食らったのですね。申し訳ありません」

「アシドメヲクラッタノ意味ガヨク判リマセン……」

「え、あ、まあ、いいです。私を治療するように、とは幕府の誰かに指示されたのでしょうね」

「絵描キノ宗次サンガ診療所へ運ビコマレタトキ南州先生トソノ弟子ノ医生タチニアタラシイ手術ノ方法ヲ説明シテイマシタ。ソノ席ニ私ノ身辺警護役トシテ剣ニ大変ツヨイ柳生家ノ上級ノ侍タチガ……」

「判りました先生。柳生家と聞けば多くを語って下さらなくとも、事情は呑み込めました。ところで先生、ひとつ御願いがあります」

「私ニ？……ナンデショウカ」

「絵描キノ　宗次サンというのは、止めてくれませんか。宗次とだけ呼んで下さい」

「ウフフッ……ゴメンナサイ　宗次サン。ハイ　宗次サン　ト　ダケ……承知イタシマシタ」

アリシア医師が押す車椅子は、宗次に頼まれて、診療所から見るいわゆる表通りから逸れて、四、五尺幅ほどの農道へと入っていった。

粒石まじりの農道であったから、車椅子はガタゴトと小さく踊った。

「車椅子　ノ　シンドウ。傷　ニ　ヒビイテ　イマセンカ　宗次サン」

「大丈夫ですよ、アリシア先生。なんともありません」

「私　ノコト、**アリシア**　ト　呼ンデクダサイ。センセイ　ハ　イリマセン。私　モ　絵描キノ　宗次サン　デハナク　宗次サン　ト　呼ビマスカラ」

「そうですね。そうしましょう。それからアリシア、車椅子に座った時から少し気になっているのだが、背もたれに、引っ掛けるようにして立ててある細長い棒のようなものは、なんですか。黒い革袋に入っている細長いもの……」

「何カノ時ニ　宗次サンノ　杖ニデモナレバ　ト思イマシテ……」

「そうでしたか。お気遣い有り難うございます。何度も言うようですが、私の言葉で判り難いところあれば遠慮なく、何度でも訊き直して下さい」

「人間ノ　言葉ハ　アル程度ガ理解デキレバ　アトハ　相手ノ表情トカ　ソノ言葉ノゼンゴノ様子カラ　シゼント判断ヤ想像ガデキルモノデス。宗次サントハ　キチント意思ノ疎通ハ　デキテオリマス。安心シテクダサイ」

「疎通、という言葉まで御存知でしたか。医師の知識教養というのは凄いものですね」

「宗次サンハ　ナゼ刀ヲ持ッテキタノデスカ。膝ノ上ニ横タエテイル　ソノ刀ハ　矢張リ杖ガワリニ？　ソレトモ　用心ノタメデスカ」

「本心を言えば、侍つまり兵士だからです。侍は家の外へ出る時は、余程の事がない限り兵士の作法として刀を腰に帯びます。いつでも闘えるように……ま、今の私には、杖がわりにもなりますがね」

「宗次サンハ　剣術ハ　オ強イノカシラ？」

車椅子の動きが不意に止まって、宗次の前に回って腰を下ろしたアリシアが、それまでのやや改まった口調に、親しみを添えた。宗次を見つめる碧い瞳が、切れ長な二重(え)の瞼(まぶた)の向こうでやさしく微笑んでいる。矢張り親しみを込めて……。

宗次も、美しい西洋人医師との他人行儀な会話に肩が凝(こ)り始めていたから、口調をやわらかくした。

「うーん、そうだな。強いのか弱いのか自分ではよく判らないが、辛(つら)い修行に一生懸命に耐えてきたことは確かだ」

「デハ　アル程度ツヨイノネ。ダカラ宗次サンヲ　襲ッタ殺(コロ)シ屋(ヤ)ハ　剣デハトテモ勝テナイト思ッテ　鉄砲ヲ射ッタノネ。卑怯(ヒキョウ)ダワ……」

「いや、私が油断したのだ。つまり剣士としての私の油断によって相手の卑怯を招いてしまったのだよ」

「本気デ　ソウ思ッテイルノ？」

「ああ、思っている……まだまだ修行不足だとね」

「私(ワタクシ)ハ　コノ国デ　本物ノ侍ヲ　初メテ見タワ。貴男(アナタ)ノ目ノ輝キハ　コレマデニ見タ侍タチト　全ク違ウ凄サネ……」

アリシアはそう言うと、宗次の頬を両の掌でそっと挟(はさ)んでから、手押しの位置へ戻った。

車椅子は再び動き出した。

「畑ニ挟マレタコノ道ヲ　コノママ真ッ直グニ行クト　大キナ立派ナ屋敷ガアルケレド誰ガ住ンデイルノカシラ？」

「今は誰も住んではいない。この界隈の人人は、**幽霊屋敷**と呼んでいるよ。こうして離れて眺めると堂堂とした立派な屋敷に見えるが、近付けば崩れかけたボロボロの屋敷であることが、よく判るよ……少し難しかったかな、今の日本語」

「イイエ　理解デキテイマス。幽霊屋敷ダナンテ気持ワルイコト。デモ　ドウシテ？」

「この国の侍、とくにこの江戸の侍には、旗本という身分の侍がいることを、アリシアは知っているかな」

「知ッテイマス。幕府将軍ニ直属スル侍タチデスネ。西洋デ言エバ国王ノ近衛師団トカ　王宮親衛隊ニ属スル　騎士ノ立場ノヨウナ……」

「国王の近衛師団とか王宮親衛隊とかの表現は、この国では馴染みが薄いし私はよく知らないが、まあ、受ける言葉の感じからして、旗本に近いかもしれぬな。ほら、よく御覧アリシア。近付くにしたがって恐ろしい程にボロボロの屋敷だと判るだろう」

　宗次は近付いてきつつある屋敷を、指差してみせた。

「マア　本当ニ……イマニモ幽霊ガ出テキソウ」

「ははっ……日本では幽霊が出るのは夜になってから、と半ば決まっているんだがね。あのボロボロ屋敷は、幕府でかなり偉い地位にあった旗本が住んでいた屋敷だったのだよ。しかし、その旗本、同僚旗本の美しい妻と男と女の関係になってしまい、あのボロボロ屋敷で決闘騒ぎになってしまったのだ」

「男ト女ノ関係？……不義密通ノコトデスネ」

「お、既にそのような言葉まで知っていたのだねアリシア。その通り不義密通だ。で、双方の家臣たちまでが加わっての凄（すさ）まじい決闘騒ぎとなり、主人（あるじ）たちを含め大勢が死んでしまったのだ」

「双方ノ旗本ニ後継者ハ　イタノデスカ？」

「いたのだが烈火の如く怒った幕府は後継を認めず、双方の旗本家は取り潰しとなった。つまり家名断絶だな。そして残された家族は江戸、京都、大坂（おおさか）などの大都市には住めぬ事となった」

「悲シイコト……暗イ話ネ。気持ガ沈ンデシマイソウ」

「うん。ところでアリシアには、国に戻れば夫あるいは恋人はいるのかな」

「私（ワタクシ）ノ　夫アルイハ恋人　ハ　医学研究ヨ。男ニハ全ク関心ガナイノ。医学研究ガ面白過ギルカラ」

「ふーん。アリシアほどの才色兼備がなあ。勿体（もったい）ないことだ」

「エ?……サイショクケンビ……初メテ聞キマス。ドウイウ意味カ教エテクダサイ」

「いや、いい。たいした意味はない。それに才色と言った表現で女性を眺めるのは、余り好きではない」

「何ノ事ヲ　言ッテイルノ?」

「だからもういい。それよりも、これから行きたい所なんだがねアリシア……」

「行キタイ所　ドコデスカ……付キ合イマス。宗次サントノ話ハ　退屈シナイシ　主治医トシテモ　傍(ソバ)ニ付イテイナケレバ　ナリマセンカラ」

「退屈とか主治医とか、本当に色色な言葉を知っているんだなあ。もう、充分にこの国の人間だよ。ま、それはとも角として、私の妻が亡くなったことについて、南州先生から詳しく聞いているね」

「ハイ。聞イテイマス……」

　アリシアはそこで言葉を休めると、再び車椅子の前に回って腰を低くした。暗く沈んだ表情になっていた。

「余(アマ)リニモ無残(ムザン)ナヒドイ出来事ナノデ　宗次サンニ対シテ　ドノヨウニ言葉ヲ選(エラ)ンデカケテヨイノカ　医師トシテモ人間トシテモ　心ヲ混乱(コンラン)サセテイマス。ゴメンナサイ上手ニ　ヤサシイ言葉ヲ　カケテアゲラレナクテ……コノヨウナ場合ノ日本語　トテモ難シイデス」

　膝の上に横たえた大刀に軽くのせている宗次の両手に、アリシアは自分の手を重ねた。

「その言葉だけで充分だよアリシア。ありがとう……」

「若(モ)シカシテ　事件ガアッタ奥様ノ創設ナサレタ女性教育塾ヲ　訪ネルコトヲ　考エテオラレルノ？」

「うむ。その通りだ」

「ソレハ　危険過ギマセンカ。イイエ　危険過ギマス。南州先生ハ　放火爆発ヲシカケタ残酷(ザンコク)ナ犯人ハ　マダ見ツカッテイナイ　ト　言ッテオラレマシタ」

「現場を是非(ぜひ)にも検(み)てみたいのだ。亡くなった妻をはじめ大勢の塾関係者のためにも、現場を検める必要がある。面倒かけるが連れて行ってくれアリシア」

「ドウシテモ？……」

「どうしてもだ」

「判リマシタ。デハ　参リマショウ」

　アリシアは決心したように、かたちよい唇をきゅっと引き締めると、宗次の手を強く握ってから立ち上がった。

「なあ、アリシア。もう一度言っておきたい事がある」

「モウ一度？……」

「宗次サンのサンは要らぬよ。宗次と呼び捨てでよいから」

「呼ビ捨テハ　作法ニ反シマセンカ。私ハ外国ノ人間ダモノ。ソレニ　アナタハ闘イヲ恐レナイ立派ナ侍デスカラ」

「アリシアならよい。呼び捨てで……そうしてくれ」

宗次が口調を少し強めると、アリシアは微笑んで頷き、車椅子の後ろへ回った。

「近道を選ぼうアリシア。構わぬから、あの幽霊屋敷へ入って行きなさい」

「マア……スコシ怖イデスネ」

「今日の空は青青と晴れて明るい。幽霊など出やしないよ。さあ、押して……」

「ハイ……」

車椅子は動き出した。

「幽霊屋敷の広い庭を破れ塀から突き抜けると、その直ぐ向こうは、名の知れた寺の境内なのだ。破れ塀とか、寺の境内……の意味判るかな」

「エエ、判リマス。難シクアリマセン」

「たいしたものだ。その寺の境内を斜めに抜けるとね、妻が創設した女性教育塾のある大きな屋敷までは近いのだ」

「コノヨウナ時ニ　タイヘン失礼ナコトヲ　ヒトツ訊イテ　イイカシラ？」

「構わぬよ。遠慮は要らない。私の命を救ってくれた外科医アリシアは、私にとってはまさに特別な存在なのだ。何を問うてくれても構わない」

「亡クナラレタ奥様ハ　ドノヨウナ女性デシタカ？　トテモ強ク見エル侍トシテノ宗次ノ奥様ニナレル女性ハ　一体ドノヨウナ人柄ナノカ　西洋人ノ私ニハ見当モツキマセン」

「女性としても人間としても素晴らしい人だった。名門の娘として育てられながらも、権力ある立場の者に対しては凜として向き合い、貧しい人人に対しては、心寛かったな。豊かな知識と教養に恵まれながらも、それを自慢気に**ひけらかして**、凡庸なる人人に対し**上からの目線**で傷つけるような**人間失格的な事**は、絶対にしなかった。育ちの悪い人間とは、その辺りが違った」

「ステキ……」

「それにのう、決して目立たない美人だったのだ。目立とうとしない美人、とでも言うのかな……とてもな……アリシアに負けぬほど美しく奥ゆかしい女性だった」

「…………」

車椅子は古色蒼然たる幽霊屋敷の、少し右に傾いた半開き状態の四脚門を入っていった。屋敷の古さから見て、紅蓮の炎で江戸の町と人人を焼き尽くした事で知られる『明暦の大火』（一六五七年一月）から、どうやら免れたものと思われる。

「ヒドイ荒レヨウダコト……」

「確かに思っていた以上だな。家名が断絶するということはアリシア、このようになってしまうということなのだよ」

「残酷ダコト。武士道トハ　トテモ厳シイノネ」

「武士道というよりも、生活上の不道徳が招いた武家の悲劇、と言った方がいいだろう。違うか」

「ソウネ。西洋デモ不義密通ハ悪トサレテイマス。デモ男ト女ノ感情ノ交叉ハ複雑デスカラ　悪トイウ言葉ダケデ片付ケラレナイワネ」

「しかし、武士というのは、道から外れてはならないのだよアリシア。西洋でも本物の騎士には、矢張り騎士道というのがあるのだろう」

車椅子は荒れた沈黙の古い建物を右に見て、腰高に繁る雑草の中を進んだ。

「勿体ナイコトネ　コノ建物。カナリ古イケレドモ手ヲ加エレバ　マダ充分ニ住メルノニ。誰カ代ワリニ新シク住ム旗本へ　コノ屋敷ヲ与エルコトハ　出来ナイノ？」

「不道徳によって家名断絶となった不名誉な事件を、他の旗本たちに見せつけるため、建物が完全に朽(く)ち果てるまで野ざらしとしておく。それが幕府の断罪であるのだ。そういう意味では、この国の侍社会は恐ろしいほど厳しいぞ」

噛んで含めるような口調でそう言い終えたとき、宗次は直ぐ背後で一陣の風がサアッと吹き抜けたような感じを受け、思わず膝の上に横たえた刀を引き寄せていた。

「があっ」

野太い悲鳴が後ろで生じたのは、まさにその瞬間だった。

宗次は車椅子から飛び下りるようにして立ったが、瞬間、左胸を貫(つらぬ)く激痛に見舞われ右へ大きくよろめいた。

それでも彼は信じられぬような驚くべき光景を目にしていた。

なんとアリシアの後方左右に身形(みなり)悪くない五、六人の抜刀した侍の姿があるではないか。しかも、うち一人がアリシアの眼前で大きく仰向(あおむ)けにのけ反(ぞ)り、その肩口から離れた腕が刀を握ったまま、宙高くにくるくると舞っていた。

アリシアの右手には日を浴びて鋭く銀色に輝くsableサーベル（騎兵刀、スペイン語）があって、宗次は彼女の医師らしくない見事過ぎる構えに愕然(がくぜん)となった。

ドサリと音を立てて、侍の片腕が刀および血泡(ちあわ)と共に宗次の脇に落下した。

車椅子の背に立て掛けてあった黒い革袋入りの棒状のもの——それはサーベル、**騎兵刀**だったのだ。医師のアリシアが何故、騎兵刀などを所持していたのか？

それは物語の進展と共に、やがて判ってくる。

「アリシア、左、来るぞ……」

宗次が叫んだ。その通りであった。彼女の斜め左手で抜刀する三人の内、中央の若侍がアリシアへ放たれた矢の如く挑みかかった。若いが見るからに屈強そうな体格だ。

「おのれ、よくも兄を……」

若侍が真正面からアリシアの眉間めがけて、豪快に斬り下ろした。目にも止まらぬ速さだ。

アリシアのサーベルがあざやかに受けて、青い火花が散った。

「おのれ……」

若侍が休まず二撃目を斬り下ろし、サーベルは青い火を放ってこれも受けた。

若侍がまた打つ、続けて打つ。息衝くひまをアリシアに与えない。

キン、ガチンと甲高く鳴り響く鋼対鋼。

「ぬぬ……」

宗次は左の胸から両下肢へと走る焼けるような激痛をこらえ、懸命に防戦するアリシアの背後へ近付こうとしたが、とくに右の脚が硬直して前へ出ない。

「下がれアリシア……私の位置まで下がれ」

宗次は叫び、よろめきながら右脚を引き摺(ず)って、アリシアに近寄ろうとした。

気持ばかりが早鐘(はやがね)の如く焦る。乱れ打つ心の臓は今にもひっくり返りそうであった。

「女を先に殺(や)れ。宗次を女に近寄らせるな」

刺客(しかく)の内の誰かが黄色い声を張りあげた。何ということか相手は宗次の名を知っていた。知っていて襲い掛かってきたのだ。まぎれもなく暗殺せんとして。

アリシアを必死で攻める若侍に、もう一人刺客が加わった。

こ奴は強かった。掬(すく)い上げるような閃光(せんこう)の如き剣さばきで、アリシアの頰、首、頰、首と切っ先を打ち込んだ。アリシアに、ひと呼吸の休みも与えない。

アリシアの足がズズッと滑るように下がった。下がってよろめいた。体位が右へと斜めになる。宗次の表情が引き攣(つ)るようにサッと変わった。眦(まなじり)が吊り上がっている。

(折れる……連打する**武刀**に騎士刀(サーベル)は耐えられない)

宗次がそう思った瞬間、加勢に加わった刺客の痛烈な一撃を受けたサーベルが、鍔(つば)

先でキンという音を発し真っ二つに折れた。

　折れた刃が水車のように回転しながら、宙高く上がっていく。

「これを使えアリシア……」

　サーベルが折れた、と捉えた刹那、宗次はこちらに対し体を斜めに傾けているアリシアへ向かって、我が大刀を投げた。宗次が投げたのだ。相手が受け取り易いように投げている。が、悲しいことに、アリシアは自分の手で**武刀**に触れたことが、まだ無い。それに騎士刀よりは重い。

　受けようとした彼女の手の甲を、したたか叩いて宗次の大刀は地に落ちた。

　それを認める前に宗次は、目の前に転がっている刺客の片腕——刀を手にしたままの——に飛びついていた。闘争本能が、炎を噴き上げていた。

五

　転がっている敵の片腕から刀を捥ぎ取った宗次は、形相凄まじくアリシアの盾となる位置に飛び込みざま、圧倒的な剣技で一瞬の内に刺客二人を沈めた。まさに段違いの腕であった。

に退がっていった。

「退けい……」

集団の頭なのであろうか。濁った声が発せられ、無傷の刺客たちは潮が引くように退がっていった。

「むむ……」

刺客の刀を杖にして、宗次は顔をしかめた。アリシアは折れたサーベルを右手にしたまま、彫りの深い端整な表情を硬直させ茫然の態であった。突然に生じて終わった騒乱をまだ信じられぬのか。医師である筈なのに、呻き跪いている血まみれの刺客たちから目を逸らし見ようともしない。明らかに怯えている。

「アリシア、すまぬが肩を貸してくれ」

そう告げて、ぐらりと脚をよろめかせた宗次に、アリシアは漸くハッとなった。

「大丈夫デスカ、大丈夫デスカ……」

同じ言葉を二度繰り返し、慌てて宗次に肩を貸そうとする姿勢をとるアリシアだった。宗次よりも、ほんの僅かに背の高いことが、このような場合には役に立って心強い。

「その……その前に、私の刀を拾ってくれるか」

「ハ、ハイ……ゴメンナサイ」

気が緩んだのかアリシアは今にも泣き出しそうな表情になって、足許に落ちている宗次の刀を左手で拾い上げた。

刺客の刀を手放した宗次が、アリシアから手渡された己れの刀を鞘に納め、パチンと鍔が鳴る。

アリシアは折れたサーベルを右手にしたまま、宗次に左の肩を貸し、車椅子にそっと座らせた。宗次の表情が思わず、「う……」となる。

「手術ノトコロ、痛ミマスカ」

「ああ、いささかな」

「診療所へ一度モドリマショウ。手術ヲシタトコロヲ　ヨク検ナケレバナリマセン」

「判った。そうしよう。次に出掛けるのは暫く先だ」

「ソウデスネ。ソノ方ガ　イイト思イマス」

「おい、アリシア。騎士刀の折れた部分は持ち帰りなさい。日本の刀鍛冶なら、おそらく元通りに直してくれるだろう」

「本当デスカ。トテモ嬉シイデス。コノ騎士刀ハ亡キ祖父カラ貰ッタ大切ナ形見ナノデス」

「日本の刀鍛冶の伎倆というのは非常に秀れている。期待していい。さ、ともかく診療所へ戻ろう。こうして話をしているだけで、胸に針で刺されたような鋭い痛みが走る」

「ソレハ少シ心配。急ギマショウ」

車椅子を押したアリシアは二、三間(けん)先に吹っ飛んでいるサーベルの折れた部分を拾い上げると、歩みを速めた。

「襲ッテ来タ者タチガ何者カ　衣服ヤ持チ物ヲ調ベナクテモ　ヨロシイノ？」

「調べても身分素姓(すじょう)が判るような物を、刺客である彼らは持っていないさ」

「刺客ノ意味　教エテ下サイ」

「殺し屋だ」

「殺シ屋……コノヨウナ　平穏(ヘイオン)ナ日本デ……何ト恐ロシイコト……」

「それにしてもアリシアは、騎士刀(サーベル)をかなり使うね。驚いた」

「私ヲ可愛(カワイ)ガッテクレタ　祖父カラ教ワリマシタ。二十七歳デ亡クナッタ兄モ騎士デシタガ　私ヨリモ遥(ハル)カニ強カッタデス」

「お祖父(じい)さんは、騎士だったのだね」

「エエ、王宮騎士団ノ連隊長デシタ。戦イデ亡クナリマシタケレド……」

「そうか、戦いでなあ。日本の政治はいま落ち着いているが、少し前までは天下統一を狙う幾多の武士団が中央や地方で激突を繰り返し、か弱い人人は傷つき、田畑も人心もすっかり荒れ果ててねえ。これらの衝突を日本では合戦と称するのだが、アリシアが生まれた地も、今は合戦が繰り広げられているのかな」

「ハイ、大集団ノ激突ヤ　小集団ノ激シイ衝突ガ　広範囲ニワタッテ日夜、多発シテイマス」

「なるほど……それらの地域地域で生じている大小の衝突は、やがて重なり合って一つになり、悲劇的な**大戦争**へと姿を変えていくのかも知れぬな」

「私ハ何ヨリモ　ソレヲ恐レテイマス。間違イナク　**大戦争**ヘトツナガッテイク気ガシマス」

「この宗次は、これ迄に幾度となく刺客……殺し屋集団に襲われてきた。その意味では、この国も未だ決して平穏な国ではないね。目に見えぬ所で、ブスブスときな臭い煙や炎が音を立て始めているのかも知れない」

「先程ノ凄腕ノ集団ハ　間違イナク宗次サンヲ狙ッタノデショウカ……」

「私でなければアリシア、狙いはお前様だと言うことになるぞ。何ぞ心当たりでもあるのかな」

「私ノ兄ハ……暗殺サレマシタ」

「なにっ」

　宗次は驚いて、車椅子に座っている姿勢を後ろへ振り向けた。

「暗殺とは只事(ただごと)ではないな」

「何者ニ暗殺サレタノカ判ッテオリマセン。兄ホド腕ノ立ツ騎士ガ　王宮近クノ馬術練習場デ左胸ヲヒト突キニサレテイマシタ」

「兄上が抵抗した痕跡は？」

「アリマシタ。兄ノ愛用ノ騎士刀(サーベル)ハ　真(マ)ッ二(プタ)ツニ折レテ　遺骸(イガイ)カラ少シ離レタ位置デ見ツカリマシタ」

「その騎士刀(サーベル)について刃毀(はこぼ)れの有無は当然、確認したのだろうね」

　宗次は、そうアリシアに問うてから、座っている姿勢を元に戻した。先程までの針で刺されたような鋭い痛みは、かなり薄れていた。兄は暗殺されました、とアリシアに打ち明けられ、余程に驚いたせいであろうか。

「刃毀レハ全クアリマセンデシタケレド　騎士刀(サーベル)ノ**峰**(ミネ)ニ幾ツカノ傷ハアリマシタ」

「うむ。兄上は防戦したのだな……いまアリシアは**峰**と言ったから、念のために確認しておきたいのだが、兄上の騎士刀(サーベル)は、両刃サーベルではないのだね」

「兄ハ両刃サーベルト片刃サーベルヲ代(カ)ワル代(ガ)ワル用イテオリマシタ。兄ハ　スペイン王カルロス2世ノ身辺警護ヲスル王宮小隊ノ小隊長デ　カルロス2世ヨリ立派ナ両刃ノ騎士刀(サーベル)ヲ授(サズ)ケラレテイマシタ。カルロス2世、聞キ取レテイマスカ？」

「聞き取れているよ。アリシアの日本語、実に上手だ。それにしても王から騎士刀を授けられていたとは……有能で立派な兄上だったのだな」

「ハイ。有能デ立派ナ兄デシタ……デモ……兄ハ決シテ幸セデハナカッタカモ……」

「ん？……どういう意味なんだ」

「ア　少シ道ガ悪クナリマシタネ。車椅子ノ震動　傷ニ響イテイマセンカ？」

「大丈夫だよ。話を続けてほしいな。無理に、とは言わぬが」

「スペイン王朝ハ現在、政治的病根ガ最モ顕在(ケンザイ)化シテイル時期ダト私ハ見テイマス」

「と、言うことは、王カルロス2世はあまり秀(すぐ)れた王ではない？」

「断言デキマス。デスカラ　カルロス2世ガ若(モ)シ亡クナレバ　キット大混乱ガ待チ構エテイマス」

「大混乱……つまり大戦争？」

「ソウデス。列強ガ複雑ニ絡(カラ)ミ合ッテ激突ヲ始メルト思イマス」

「列強と言うと？」

「イギリス　オランダ　オーストリア　イタリア……ソシテ　スペイン　フランス　ナドノ

国国ガ複雑ニ絡ミ合ッテ収拾ガツカナクナリマショウ」

「う、うむ。今の話、悲しいことに日本の侍の知識、教養の範囲を超えているなあ。無念だが理解しにくい。申し訳ない」

「無理モアリマセン。遠イ国国ノ出来事デスモノ。私ダッテ日本ニ関シテノ知識ハマダ未熟デス」

「そう言ってくれると、少しは気が休まるな。それにしてもアリシア。兄上が暗殺されたこと、矢張り気になるなあ。場合によってはアリシアも……と警戒した方がよいかも知れない」

「エ……日本ニイル私(ワタクシ)ガ?」

「いや、帰国した時が危ないのではないか、という意味で言ったのだ。兄上はスペイン王宮の重大な秘密を知る立場にあったのでは?」

「ソレハ確カニ言エルト思イマス。カルロス2世ノ身辺警護ノミナラズ　王ノ莫大(バクダイ)ナ金貨銀貨宝石ナドノ財宝ニモ厳シク目ヲ光ラセ　ソノ秘匿(ヒトク)ニツイテ護(マモ)ロウトスル立場デモアリマシタカラ」

「矢張りな……で、その莫大な財宝というのは、どの程度の?」

「私(ワタクシ)　ナドニハ　トテモ判リマセン。タトエ兄ニ訊(タズ)ネタトシテモ　兄ハ決シテ教エテクレナカッタデショウ。イイエ　ドノ程度ノ価値　ドノ程度の額　ナドニ関シテハ兄ニモ判ッテイナカッタト思イマス」

「うむ……かも知れぬな」

「ケレド　ソレラノ財宝デ軍隊ヲ養成シ装備ヲ調(トトノ)エルコトグライハ　軽軽ト出来マショウシ　ソレデモマダ充分ニ有リ余ルト思イマス」

「それは凄い。私の想像を超える凄さだ。それ程の王宮財産を秘匿するカルロス2世の身辺を詳細に把握(はあく)していた兄上が素姓判らぬ何者かに暗殺されたとなると、アリシアは矢張り帰国した時は用心すべきだな」

「デモ　私(ワタクシ)ハ　カルロス2世ノ私生活ニツイテハ何ヒトツ知リマセン。何ノ情報モ　持チ合ワセテオリマセン」

「ところが、ある目的でもって秘密裏(り)に動く刺客集団というのは、そうは寛容には思ってくれないのが常なのだ。とくに、暗殺した兄上から何一つ目的とするものを得られなかった場合、刺客たちは次に必ず妹であるアリシアに接近し始めるだろう。アリシアが日本に長く留(とど)まって帰国が著(いちじる)しく遅れるとなると、御両親へ先に近付く可能性がある……と私は見るね」

「ソ、ソンナ……」

車椅子が止まって、アリシアは宗次の前へ回ってくると、端整な彫りの深い顔を険(けわ)しくさせ腰を下げた。

「ドウスレバ　イイノデスカ宗次サン」

「それについて考えを巡らす前に、アリシアのことをもう少し深く知りたいのだが……いいかな」

「ハイ　構イマセン。何デモ訊(キ)イテ下サイ。キチント答エマス」

「畑の彼方に診療所が見えてきた。とにかく診療所へ戻ることを優先させよう」

「ソウデスネ　ゴ免ナサイ。道道訊イテ下サッテモ構イマセンカラ」

「うん、判った」

アリシアは再び後ろへ引き返し、車椅子は動き出した。

「帰国する時はアリシア、そっと目立たぬように帰国した方がよいと思うが。長崎のオランダ商館長はアリシアに協力してくれるだろうがね」

「ソレホド難シイコトデハナイト思イマス。私(ワタクシ)ハオランダ商館長付キ医官トシテ採用サレテイル立場デスカラ。亡キ兄ノヨウニ　王宮トカ国王トカ言ッタ上流階級ノ偉イ人達トハ　ツナガッテオリマセン」

「だが、母上はカルロス2世付き医官の一人だったね」

「エエ……医官ノ一人ダッタ ト申シ上ゲマシタ。既（スデ）ニ退官シテオリマス」

「お、そうだったのか。なるほど、じゃあ現在は民間人として、つまり一人の国民として生活しているのだね」

「ソウデス。将来ヲ期待シテイタ兄ノ死デ 母ハスッカリ気力ヲ無クシテシマイマシタ」

「それで退官したという訳か」

「現在ハ母ノ生家ガアル美シイ小サナ地方都市ニ引ッ込ンデ 二匹ノ犬ト三匹ノ猫ニ囲マレテ 静カニ生活シテオリマス。近イウチ 母ノ生家ノ地区ニ診療所ガ出来ルヨウデ ソコノ院長ニ就（ツ）クノハドウカ ト言ウ話モアルヨウデス。母ノ家系ハ ソノ地方都市デ知ラレタ上流騎士ノ家柄デスカラ 母ヲ支援スル人ハ大勢イテ生活ノ心配ハ全クアリマセン」

「アリシアの姓名（なまえ）、**アリシア・デ・ウトレーラ**（Alicia de Utrera）はスペイン人としての名前だが、オランダ人の父上にオランダ人として育てられたのだったね」

「ハイ ソウデス」

「では御両親はいま別別に暮らしているのだね。スペインという国とオランダという国に分かれて」

「激シイ恋デ結バレタ父ト母デスケレド、自分ノ仕事ヲソレゾレ大事ニシテ誇リヲ持ッテコレ迄ハ離レ離レノ生活ヲ続ケテキマシタ。デモ　ソウ遠クナイウチニ　家族ハ母ノ生家ニ集マッテ生活スルコトニナッテイマス。間違イナク」

「スペインとオランダは、遠く離れているのかね」

「ハイ。デモ言葉デ説明シテモ　具体的ニハ判ラナイデショウ」

「うん。全くその通りだな。それにしてもアリシア、こうして会話をしている間にも、君の日本語はぐんぐん成長しているなあ。実に驚きと言う他ない」

「話シ相手ガ素敵ナ御人（オヒト）ダカラト思イマス。宗次サンノ　オ話ニ　グングン引キ込マレテイマスモノ」

「ははっ。そう言ってくれると嬉しい……有り難う」

　車椅子はガタガタと木製の車輪を鳴らしながら、診療所に入っていった。

　着ているものが血飛沫（ちしぶき）を浴びている二人に、診療所中がたちまち大騒ぎとなったことは言うまでもない。

　宗次は再び手術室の人となって、南州（なんしゅう）先生とアリシアの診療を受けることとなった。

六

次に宗次が目覚めたのは、翌日の正午過ぎのことであった。

南州先生とアリシアの「全く異常なし……」の診療後、手術室に隣接する『様子見病室』に移った宗次は、さすがに安心したのだろう食事を摂ることもなく昏昏と眠り続けていた。『様子見病室』とは、手術室を出た患者の容態を看視するための特別病室を指している。現代で言うところのＩＣＵ（集中治療室）に近い考え方だが、むろん設備はその足許にも及ばない。

宗次が目覚めたとき、病室内には男医生と女医生の二人が、格子窓そばの机に背中を見せて座り、何事かを声低く話し合っていた。

「目が覚めたぞ……」

宗次が穏やかに声を掛けると、二人は飛び上がる程びっくりして振り向いた。

「すまぬ。驚かせたか」

「気付かずに済みませんでした宗次先生……」

女医生が先に腰を上げ、素早く宗次の枕元に近付いた。

宗次は自力で上体を起こし、気遣(きづか)った男医生が宗次の肩を両手で支えた。

「大丈夫だ。大丈夫……頭が随分(ずいぶん)とすっきりした感じだが、長く眠っていたのか？」

「はい。呼吸実に穏やかに、まる一日、お休みでした」

すかさず女医生が、宗次の問いに応じた。

「ほう、まる一日もなあ。南州先生のお許しがあれば、この病床(ベッド)から直(す)ぐにも離れたいのだが……」

「判りました。南州先生を呼んで参ります」

女医生は答えるや病室を出て行き、男医生も宗次に一礼して女医生の後に続いた。

待つほどもなく、南州先生が『様子見病室』に入ってきた。

「おお、随分と顔色がいいなあ。目も確(しっか)りと輝いておる」

「先生、大変お世話になりましたが、そろそろ此処(ここ)からお解き放ち下さる訳には参りませぬか」

「ははっ。此度(こたび)ばかりは、さすがの宗次先生も、いささか堪(こた)えたであろうからなあ。しかし、もう大丈夫じゃ。いつ退院しても宜(よろ)しいぞ」

「左様(さよう)ですか。有り難うございます。アリシアにも言葉では言い表せぬ程の世話になりました。直ぐにもお礼を申さねばなりませぬ」

「それがな、宗次先生。アリシア・デ・ウトレーラはもう、この診療所には居(お)らぬのじゃ」

「えっ……」

「長崎へ向けて、江戸を発(た)ってしもうた」

「な、なんですって」

予想もしていなかった柴野南州の言葉に、宗次は顔色を変えて驚いた。

「また急なことではありませぬか南州先生」

「宗次先生が深い眠りに陥(おちい)るのを、まるで待っていたかのように、この私に告げたのだよ。急ですが長崎へ戻ることに致しました、と」

「急ですが長崎へ戻ることに致しました……と？　南州先生、アリシアのその言葉、まるで長崎へ戻る事がかなり前から決まっていたようではありませぬか」

「うむ、私も確かにそのように感じた。落ち着いた確(しっか)りとした印象の言葉でもあったな」

「で、誰ぞ幕府役人の付(つ)き人(びと)を供(とも)なっての、江戸発ちだったのでしょうな」

「長旅になるので、その点が気になって私も訊(たず)ねたのだが、ひとり旅を楽しみながら長崎へ向かいます、とアリシアは笑顔で言っておったよ」

「な、なんですって……ひとり旅……」

「二つに折れてしまった騎士刀(サーベル)は、母国へ帰ってから鍛(きた)え直しますから、宗次さんにそのようにお伝え下さい、とも言うておった」

「南州先生、アリシアが危ない」

「え?……どういう意味かね。血飛沫(ちしぶき)を体中に浴びて昨日診療所へ戻ってきたのは、宗次先生がまた襲われたもの、と私は思うておったのじゃが」

「いや、アリシアが狙いだったかも知れんのです」

「なんと、それは大変じゃ。確かに危ない……だが宗次先生、落ち着いて下され。先生はアリシアのことよりも先に気配りを優先しなければならぬ大事なことを抱(かか)えている身であるのですぞ」

「む……」

胸の内を突かれ、宗次の表情が思わず歪(ゆが)んだ。柴野南州の言葉が何を言わんとしているのか、判り過ぎるほど判っている宗次だった。

南州が言った。諭(さと)すような口調だった。

「アリシアの旅の心配については、私の口から然(しか)るべき御公儀すじに伝えよう。これでも柴野南州、上級幕僚の誰彼に対して、多少の顔は利(き)く。私に任せて下され宗次先生。宜しいな」

「判りました。ひとつ頼みます南州先生」

「宗次先生は出来るだけ早く、出来れば今日明日にでも、お義父上であられる西条山城守貞頼様（若年寄心得にして番衆総督）の御屋敷を訪ねるべきです」

「はい。そう致しましょう。確かにそうすべきだ。私は一体何をうろたえておるのだ」

「もう一度、強調させて戴きますぞ宗次先生。武門の大棟梁の立場にあられる西条山城守様は、あなたのお義父上なのだ。忘れてはいけませぬ」

「その通りです。その通りです南州先生。忘れてはいけない。申し訳ありません」

なんと宗次の目尻に涙の粒が浮き上がっていた。亡き美雪のことを思って、いや、爆発炎上の犠牲となった大勢の人人のことを思って、万感の想いが激しく込み上げてきたのであろう。

そこへ、

「南州先生……」

と、女医生が控え目に声を掛けながら、病室に顔を覗かせた。

「お、何だね」

南州は女医生の方へ寄ってゆき、短く言葉を交わしたあと頷いて、宗次の傍に戻ってきた。

「いま大身お旗本家の御息女が見舞に見えているのじゃが、どうなさる？　診療所の応接の間でお待ちだが、気が進まぬなら体調を理由に私からやんわりとお断わりすることは出来ますぞ」

「大身お旗本の御息女？……若しや**笠原加賀守房則**様の姫、**舞**殿（十九歳）では？」

「そう、その御人……それと供の者らしい深く頬被りをした小者と」

「左様ですか。**舞**殿の見舞をお断わりするなど、とんでもない。急ぎ身繕いしてお目に掛かりましょう。少し待って戴くよう、南州先生から伝えて貰えませぬか」

「容易いこと。判りました。任せて下さい」

南州はそう言うと、女医生と共に病室から足早に離れていった。

舞とは、実に久し振りに会うような気がする宗次だった。

若年寄心得にして番衆総督の地位にある西条山城守の推挙により、筆頭大番頭の地位に就くことが確定している笠原加賀守である。

その息女である**舞**は、二天一流の小太刀業を得意とする美貌の剣士で、長尺懐剣を持たせれば、そこいらの剣客ではとても歯が立たない。

とくに**舞**が得意とする秘剣業『落雁』は、父親の加賀守が唸るほどの凄まじさで、またその構えの美しさから娘のこの刀法を『楊貴妃構え』と称するほどであった。

七

宗次は着物を改めて両刀を腰に帯び、緩みの有無を帯の内側へ掌を入れて確かめ「うん……」とひとり頷いた。宗次は帯の緩みの程度には決して油断しなかった。亡き父であり師である従五位下・対馬守**梁伊隆房**から、厳しく教えられてきた。

帯緊めが緩いと奇襲に対応する居合抜刀で不測の事態に陥りかねない。逆に帯緊めが強すぎると、瞬時の抜刀に対する不可欠な腰部反射（ひねり・回転）を減衰させてしまいかねない。

この〝帯緊めの程度〟を悟るには、ただひたすら鍛錬すること、それしかなかった。

「よし……」

と小声で静かに呟いた宗次は、『様子見病室』を出た。深い悲しみと苦痛に押さえつけられてきた短くない日日であったから、明るく美しい**舞**に会えることで、幾らか気持は和(なご)んでいた。

診療所の応接の間というのは、『様子見病室』から見て診察室の向こう側に位置している。

宗次は外来患者で毎日のように混雑している診察室の前を通るのを避け、いったん日差しあふれる中庭へ出た。

淡紫色(あわむらさきいろ)の頭状花(とうじょうか)をつけた菊の花畑の間を通り抜け、病棟の反対側から入った宗次は応接の間の前に立った。

「失礼しますよ」

そう告げて宗次は、なるべくゆっくりと引き戸を開けた。

柴野南州は『白口髭(しろくちひげ)の蘭方医(らんぽうい)』で知られた名医だけあって、応接の間にはテーブルと椅子が備わっていた。この時代としては随分と早い方なのであろうが、いやいや、実は上方(かみがた)すじから江戸へ乗り出して来た大店(おおだな)の中には、客の応接に便利なテーブルや椅子を見逃さぬ例は既に存在した。

それどころか、雑な拵(こしら)えのいい加減な物まで含めると、呑(の)み屋、飯屋にさえ、それに似たものはあった。

「やあ**舞**殿……来てくれましたか。心配を、お掛けしてしまった」

　宗次は、椅子から立ち上がって深深と御辞儀をした二人に、目を細めて応じた。**舞**の供の者は、深く頬被りをしたままだったが、御辞儀のあと、徐にそれを取った。

　なんと凄腕の目明しで知られた、春日町の平造親分だった。北町奉行の島田出雲守守政より、『江戸市中何処でも御免』の紫の房付十手を与えられている。但し武家屋敷および寺社奉行の管轄地は対象外だ。

「平造も久し振りよな……頬被りをしていても、がっしりとした体つきでお前だと直ぐに判るよ」

　そう告げながら静かに二人へ歩み寄る宗次だったが、平造は宗次の悲しみと無念を思ってか、唇をへの字に固く結んで、視線を足許に落とすばかりであった。

　舞がやや眉をひそめた悲し気な表情で言った。

「オランダ商館長付きの女性外科医の支援で、宗次先生が銃創を手術なされたという報は、直ぐさま美雪様や私のもとへ届けられました。手配りをしてくれたのは、ここに控えております目明し平造や、北町奉行所の与力同心たちでございます」

「そうか。皆にはすっかり迷惑や心配を掛けてしまったな。すまぬ……が、この通り、もう大丈夫だ」

「長いこと術後の昏睡に陥っていらっしゃいました。その間に二度、私は美雪様と様子見に参らせて戴きました。そして三度目の様子見に、平造をも伴って訪れようとした直前、**井華塾**が爆発炎上いたし……」

舞はそこで言葉を絶つと肩を小さく震わせて、うなだれた。

耐え切れなくなったように、平造が嗚咽を漏らした。

宗次は天井を仰いで大きく息を吸い込み、二人へ更に歩を詰めた。

「**舞**殿、聞いておくれ、平造もな。二人の耳へはまだ詳細は入っていないと思うが、昨日のこと、私とオランダ商館長付きの女性外科医**アリシア・デ・ウトレーラ**は、西条山城守様の御屋敷を訪ねる途上で襲われておるのだ」

「え……」

「なんですって……」

舞と平造の二人は、殆ど同時に面を上げた。深い悲しみに満ちていたそれまでの表情が、受けた衝撃が余程に大きかったと見え、硬直していた。ふたり共に顔から血の気を失いさえしている。

宗次は診療所を出てから襲われた現場までのことを、判り易く要点だけを**舞**と平造に語って聞かせた。

　平造が、宗次の話が終わるのを待ち構えていたように言った。

「先生、その騒動、我我町方（まちかた）の耳へは、未（いま）だ入っておりませんが」

「おそらく騒乱の現場からは、刺客の亡骸（なきがら）や負傷者は、仲間の手で素早く運び去られたのだろうよ。跡形（あとかた）もなくな」

「それにしても一体（いってえ）誰が、宗次先生とオランダ先生を狙ったんでござんしょうか」

「それよりも宗次先生……」

　舞が平造の言葉が皆まで終わらぬ内に、やわらかく割って入った。

「そのオランダ先生が騎士刀（サーベル）を隠すかのように持っておられたのは驚きですけれど、それを見事に使いこなしたというのは、更なる驚きでございます」

「うむ、その通りなのだ舞殿……あ、これより私は西条山城守様をお訪ねしたいので、道道いろいろと話をさせておくれ。ちょっと南州先生に断わっておきたいから、二人は先に通りに出て待っていてくれないか」

「畏（かしこ）まりました」

「うん……ついでだ。二人には騒乱のあった場所を、見て貰っておこうか」

　呟いた宗次は頷いて応接の間から足早に出ていった。

八

「ここだ。ここで私とオランダ先生は身形の整ったかなり凄腕の数名の刺客に襲われたのだ」

例の幽霊屋敷へ**舞**と平造を伴なった宗次はオランダ先生という表現を用い、踏み荒らされた雑草を、顎の先を小さく振って示してみせた。

平造が油断なく辺りを見まわしてから腰を下げ、然り気なく雑草を指先で撫でた。まる一日経ったというのに、まだ完全には乾き切っていない血糊が彼の指先を赤黒く汚した。

腰を上げた平造は、また鋭い目で周囲を見まわした。

「宗次先生……もう何年が経ちやしょうかねえ……確かここは大身お旗本が住んでいた不義密通屋敷……じゃござんせんかい」

「さすがに平造だな。その通りだよ。不義密通騒ぎで取り潰された、幽霊屋敷だ。もと新番頭尾高次郎右衛門芳時の屋敷だったと記憶するが……」

「左様でございますとも宗次先生。尾高次郎右衛門様には、**非**は全く無かったと耳に致しておりやす。悪いのは相手のお旗本の方であったと……」

「うむ。しかし双方に多数の死傷者を出すほどの、争いを起こしてしまったのだ。幕府としては、両成敗は已むを得ないところだろう。誰彼に襲われることの多い私も、気を付けねばならぬ。いつ幕府から厳しいお叱りを受け処罰されるか知れたものじゃない」

「そいつあ、ちょっと違いやすよ宗次先生。先生や先生の周囲の人たちのお話じゃあ、これまで防戦一方で刀を手になさることが多かったじゃありやせんか。先生が自己防衛のために抜刀する、これはお侍として当然の事と思いやす。失礼ながら近頃のお侍は戦いの仕方をご存知じゃありやせん。刀を手に戦える者なんぞ、満足におりやせんや。あ、ちょいと言い過ぎやした。許しておくんなさいやし」

「いや、平造の申すこと頷けるよ。その通りゆえ」

それまで黙っていた舞が、物静かな口調で言った。

「宗次先生がご自分から抜刀なさるところを平造、私は見たことがありません。悪が襲い掛かって参るゆえ、已むを得ず抜刀されるのです。我が身をお守りなさるために」

「へい、仰る通りです。あ、先生、私は用心のために、ちょいと先に立って歩かせて貰いやす。宜しゅうござんすか」

「そうか、うん」

「じゃあ……」

平造は宗次に向かって丁重に腰を折り、宗次は頷きで軽く応じ、紫の房付十手を腰から引き抜いて親分は離れていった。

舞が、足早に遠去かってゆく平造の背を見送りながら言った。

「我が笠原邸にも、出入りを許している目明しはおりますけれど、平造親分の名を聞いただけで〝私らとは格が全然違いやす〟と、本気で恐れ入ったりします」

「紫の房付十手の平造、と言えば泣く子も黙る、と言う程だからなあ。腕は滅法立つし、それにあの強面の面相だ。余程のワルでない限り、平造の姿に遠くから気付いただけで逃げてゆく……だがその平造もつい最近のこと、事件捜査で大事な手下を亡くしているんだ」

「そのようですね。平造から聞きました。辛いのを我慢して頑張っているのですね」

「うむ……」

二人は肩を並べて、幽霊屋敷の裏手門から外へ出た。かなり先を辺りを用心しながら、平造の後ろ姿が歩いている。

舞が肩を並べている宗次との間を、少し詰めて寄り添うようなかたちになった。

「お疲れではありませんか先生」

「大丈夫だ。有り難う」

「手術したところの痛みは？」

「何ともない。オランダ先生の手術、実に大したものだと思うね。日本の医術は、西洋にはとてもかなわない。名医と称されている南州先生が、そう仰っていたよ」

「私（わたくし）は宗次先生に鎌倉（かまくら）へ連れて行って戴きました。あの時に比べると先生、随分とお痩（や）せでいらっしゃいます」

「大手術のあと、かなりの期間、食することなく昏昏（こんこん）と眠っていたからね。だが眠り続けたことで手術創が確（しっか）りとくっ付いた、とオランダ先生は仰っておられた」

「宗次先生……」

「ん？……」

「父から言付（ことづ）けがございます」

「ほう……聞きましょう」

「元通りに体力が取り戻せるまで、是非（ぜひ）にも我が笠原の屋敷で静養なさって戴きたい、とのことでございます」

「お父上がそのように?……いや、幾らなんでもそれは迷惑を掛け過ぎることになる」

「父だけではなく、**母の藤江**も、**祖母の勝代**もそのように申しておりました」

「うーん。しかし……」

「我が屋敷には用いられていない部屋が幾つもございます。剣術道場も、広くはありませぬが御座います。その道場で、体力回復を兼ねて私に剣術をお教え下さいませ」

「だがね**舞**殿……」

「先生、その**舞**殿呼ばわりは私、堅苦しくてなりませぬ。**舞**、と呼び捨てにして下さりませ」

「心得た。では**舞**……」

「はい」

「其方はまだ嫁入り前の、大身旗本家の姫君じゃ。嫁入り前の若く美しい姫君がいる大身旗本家に、いわく付きこの上ない私のような男を立ち入らせるべきではない」

「まあ、いわく付きなどと先生……ひどい言い方でございます」

「いわく付きも、いわく付き。これまで幾度、素姓知れぬ者たちに襲われてきたことか」

「なれどそれは、宗次先生のせいではありませぬ」

「私のせいであろうと、なかろうと、このような男を下手に屋敷へ迎え入れたなら、武門の名家として知られた笠原家にまで災いを引き込みかねぬ。私は八軒長屋で体力の回復につとめるよ」

「父はもとより、母も祖母も先生の全てを承知の上で、どうぞ御出下さいと申しているのです。それに災いが笠原家に飛び込んで来たとて、私が撃退してご覧にいれます。先生に刀を握らせるようなことは決して……」

「これこれ**舞**。しとやかな美しい姫が申すようなことではないぞ。ご覧、前を行く平造が振り向いて、チラリと笑いよった」

「あそこまで聞こえるような大きな声を、私、立ててはおりませぬ。それに平造には既に、宗次先生が我が屋敷で静養なさるかも知れぬ、と伝えてございます」

「なに、平造に既に伝えたと……で、平造はどう申しておった」

「大変いいことだ。私も安心できやす、と」

　宗次は思わず破顔した。久し振りの心の底からの笑いだった。そして、何と純な可愛い**舞**よ、とも思った。

九

爆発炎上した『井華塾』の跡は、既に残骸の全てが取り払われ更地になってはいたが、地面は黒く焼け焦げ、爆発炎上の凄まじさを物語っていた。
跡地を囲む土塀も塾棟に近かった部分はかなりの長さにわたって損壊し、奉行所同心たちが見守るなか、大勢の職人たちの手によって塀の立ち上げが進められていた。そこかしこで土壁の上からの漆喰塗が始まっていることから、再建工事は最終段階に入っているのだろう。

宗次は長いこと、塾跡に立ち尽くしていた。唇を真一文字に閉じた表情は厳しく、瞬き一つしない目が険しい光を放っている。

宗次のすぐ背後には、**舞**が肩を落とし、うなだれて立っていた。

その**舞**の後ろを守りかためるようにして、西条山城守の家臣で手槍の名手にして念流の達者、後藤田六七郎（四十三歳）、家老戸端元子郎（五十二歳）、その嫡男戸端忠寛（三十歳）など手練十数名が、順不同のかたちで横一列に控えていた。居並ぶ西条家の士たちの耳へはすでに主人から、宗次が四代様（四代将軍家綱）より直直に『従三位権大納言にして幕府副将軍』を命じられたことが入っている。

彼らにしてみれば、腰を抜かさんばかりの、宗次の地位であった。なにしろ、亡くなった美雪の婿殿なのだ。そして権大納言と言えば、将軍世子に与えられる官位として知られている。

『従三位権大納言にして幕府副将軍』にあるような御人の傍へは、当たり前なら大身家の家老と雖も軽軽しくは近寄れない。

舞が、そっと宗次の背中に近寄って囁いた。

「先生、そろそろ美雪様の御前に詣ってあげなされませ。お仏壇でお待ちでいらっしゃいます」

「ん？……お、そうだな。**舞**も傍に居て手を合わせてやってくれるか」

「畏まりました。もとより、そのつもりでございました」

二人の囁きは家老戸端元子郎の耳へも届いていた。彼は、足取りうやうやしく宗次に近寄っていった。今日、西条山城守は登城しており、留守のいっさいを家老の彼が任されている。

「ご案内いたします」

と、家老戸端が伝えて御辞儀をし、宗次が「宜しくお願いします」と丁寧に応じた。

春日町の平造親分は、たとえ腕ききの親分ではあっても、さすがにこの場では宗次の供の位置には加われない。

彼は若手同心のひとりに声を掛け、二人で屋敷まわりを見回っていた。

母屋つまり西条家の主殿に、爆発炎上の被害が及ばなかったのは、何よりであった。

宗次と**舞**は、美雪が日常的に使っていた居間に案内され、仏壇の前に座った。

美雪と、彼女に実の母親か姉のように尽くしてきた菊乃、この二人のための質素で小拵えな仏壇であった。祖先から伝わる西条家の大きな仏壇とは、別拵えだ。

このあたりに、西条山城守という武人の、質実剛健にして謙虚な人柄があらわれていた。

宗次はこの仏壇の前でも、無言のまま長く手を合わせた。

彼は涙ひとつこぼさず終始険しい表情だったが、**舞**の頰にはひとすじの涙があった。

家臣たちは広縁に居並んで座し、従三位権大納言・幕府副将軍**徳川宗徳**（宗次）の背中を、硬直した姿勢で見守るばかりだった。

長い合掌(がっしょう)を解いて、宗次が顔を上げた。そして重重しい声を放った。

「美雪すまぬ、守ってやれなかった。菊乃も許してくれい」

宗次の頬を漸(ようや)く涙が伝い落ち、広縁の家臣たちの間に号泣が広がっていった。

「このままでは、済まさぬ」

宗次は呟(つぶや)くと、傍に置いた刀を手に、静かに立ち上がった。

それにひと息遅らせるかたちで、舞がふわりとやわらかく腰を上げる。二天一流剣法で小太刀(こだち)業(わざ)を鍛(きた)えてきた舞の体の、美しい〝身のこなし〟だった。

二人が広縁に出ると、座していた家老戸端が宗次を見上げ、懇願(こんがん)する口調で言った。

「お差(さ)し支(つか)えなければ、大納言様には殿が城よりお戻りになるまで、なにとぞ御止(おとど)まり願いたく存じ上げます」

「戸端様。当分の間は私の動きを、自由なままにさせて下され。日を改めて必ず、義父上(ちちうえ)にお目に掛かりに参ります。そのように、義父上(ちちうえ)にお伝え下さい」

「さ、左様(さよう)でございますか。は、はい。承(うけたまわ)りましてございまする」

「有(あ)り難(がと)う。我(わ)が儘(まま)を言います」

宗次は軽く腰を折って家老戸端の肩に手を触れると、振り向いてもう一度仏壇を眺(なが)

め、大きな踏み石の上に下りて雪駄を履いた。

家臣たちは、宗次と**舞**を護るようにして表通りまで出ると、そこで二人をうやうやしく見送った。

辛い宗次の胸の内を察してであろう、家臣たちの間に涙を堪えようとする嗚咽があった。

十

江戸五色不動の一つ、目黒不動（泰叡山瀧泉寺）を取り込まんばかりの、武蔵野台地南東部の鬱蒼たる原生林。

将軍家のお鷹狩で知られた森であった。この森へ遠慮がちにほんの少し入った辺りに、大剣聖と称された故・従五位下**梁伊対馬守隆房**の小屋敷が曾て在った。

が、その小屋敷は長い年月雨風にさらされてきたことで傷みが進み、宗次の手で既に取り壊されていた。厳格この上もない師であり父である対馬守との思い出が詰まった小屋敷であった。この小屋敷で父から**倫理・人間・歴史・思想**などの学問を教わり、庭先やお鷹狩の森においては真剣闘法の鍛錬で、宗次は容赦なく打ち据えられてきた。木刀や手製竹刀の稽古などは、たまにしかなかった。

取り壊されたこの思い出深い小屋敷の跡に、宗次は直ぐさま小拵えな庵を建てていた。

この庵の存在について宗次は、いまだ誰にも伝えてはいない。宗次にとっては、心を休らげる大切な場所だ。むろん妻である美雪には伝えるつもりであったが、それが間に合わなかった悲惨な爆発炎上だった。

いま宗次は日が差し込む床の間付きの狭い座敷に、手枕でごろりと横になっていた。


舞が是非にと勧めた笠原家での静養をやんわりと断わり、この目黒の庵へ訪れてから三日が過ぎていた。

と、手枕の宗次の目に、畦道をこちらに向かって歩いてくる年寄り二人の姿が入った。

宗次が表情をやわらげて体を起こすと、二人の年寄りも宗次を認めてちょっと歩みを止め、笑顔で軽く頭を下げた。軽く頭を下げた様子が、いかにも宗次と親しそうだった。ひとりを耕造と言い、もう一人は耕造の妻魚代だった。百姓を生業とするこの二人は対馬守隆房の下働きとしても長く奉公し、幼少年時代の宗次の面倒をもよくみてきた。

今では人が善さそうにやさしく老いた老夫婦で、歩いて直ぐのところにある百姓家で元気に畑仕事を続けている。

にこにこ顔で庵の庭先へと入ってきた老夫婦は、耕造が釣り竿を、女房の魚代は手に魚籠をさげていた。そのさげようが軽くはなさそうな感じである。

「若先生。爺さんが神社沼で大きな箆鮒を笊いっぱいに釣ったよう」

魚代が老いた皺だらけの顔いっぱいに笑みをひろげ、魚籠を目の高さに上げてみせた。

耕造と魚代は、昔も今も宗次のことを「若先生……」と呼んでやまない。

いい加減に「宗次さん……」とか呼ぶようにしたらどうか、と宗次が諭しても、聞き入れない。

魚代の言った箆鮒は源五郎鮒とも称して、大きなもので体長一尺五寸程にも達し、食用とされている。上手に甘辛く煮付ければ、酒の恰好の肴となり、塩焼きも旨い。もともとは水の綺麗な琵琶湖の特産鮒として知られていたが、いつの間にか、あちらこちらの湖沼や河川で見かけるようになった。釣り好きには人気の的だ。

「じゃあ、そいつで久し振りに三人で一杯やろうかね」

気持が塞がり気味であった宗次が、精一杯に明るい笑みを見せて言った。

「嬉しいねえ。若先生と呑めるのは、本当に久し振りだわさ」

耕造は目を細くして言いながら土間へ入っていったが、魚代は広縁に近寄ってきた。

魚籠の中でピチパチと篦鮒の跳ねる音がしている。

「若先生……」

「ん？」

「若先生が大変な怪我をして南州先生や金髪の女先生の手術を受けたこと、爺さんの耳にも、この婆の耳へも入っておりますだ」

「え、柴野南州診療所から此処までは、随分と離れているのに？」

「なに言ってんですよ若先生。名医で知られた**白口髭の蘭方医先生**の診療所には、この界隈の者も大勢お世話になっているし、入院している者もいるだよ」

「あ……そうだろうな。うん」

「手術をした程の大怪我の理由なんぞは、知りたいけんど聞きまっせん。けど矢っ張り心配じゃて……大丈夫かのう？」

「うん、大丈夫だ。酒も呑めるしな。すっかり良くなった」

「そんなら良かった……じゃが、ほんの少しまだ心配じゃて」

魚代がホッとした表情を見せて言ったとき、土間から耕造が怖い顔を出した。

「おい婆さん、儂たちは若先生の懐深くに立ち入れる立場じゃねえ。出過ぎた事をお訊ねすると罰が当たるぞ。程度と言うもんを忘れちゃあなんねえ、程度と言うもんを……早く此方さ来い」

言うだけ言って、耕造は怖い顔を引っ込めた。

魚代は肩をすぼめて苦笑いをすると、「じゃ若先生、思いっきり旨いもんを拵えるからよ」と告げて土間に入っていった。

名状し難い寂寞感が宗次を襲ったのは、その直後だった。

（我が身がつくづく情け無い。恐ろしい不幸な状態が十重二十重に我が身に纏わり付いていよいよ離れぬ。これは剣を極めた故か……それとも絵筆の業を極めた故か……）

宗次は胸の内で呟き、再び手枕で横になった。

一日一日と日が過ぎるにしたがって、美雪を失った現実が容赦なく我が身を締めつけてくる。

深夜、胸が張り裂けそうな苦痛に襲われ、思わず飛び起きるが如く目覚めるのも度度であった。

（情け無い……ひど過ぎる）

という思いが、それこそ怒濤の如く押し寄せ、息絶え絶えの自分の様が余りにもよく見える昨日今日の宗次だった。美雪を失ったのだ。愛する妻を失ったのだ。これまでの宗次なら如何なる苦難でも耐え抜けられた。立ち向かって来る敵は、叩き伏せられた。

けれども彼は今、余りにも空洞化し過ぎた我が身を、支え切れないでいた。

（一体何者が、**井華塾**を爆発炎上させたのか……犠牲となったのは身も心も清楚にして潔白な人たちばかりだ）

犠牲者の無残が目に余るどころでは済まぬ大事件のため、宗次は下手人を具体的なかたちで想像することすら叶わなかった。

（もしや義父上（西条山城守貞頼）に私憤を抱く者か？……いや、義父上は公明正大な武人で知られる御人だ。だからこそ**若年寄心得**にして**番衆総督**という幕府重臣の地位にまで登庸されたのだ……）

爆発炎上の原因は矢張り自分に関係があるとしか思えない、と結論をどうしても其処へ持ち込んでしまおうとする宗次だった。

（この私に正面から立ち向かっても勝目が無いと判っている個人あるいは組織が、私の一番の泣き所、つまり弁慶の泣き所を井華塾または美雪と定めて、狙ったものか？……）

宗次は、そうも想像してはみたが、もう一つ納得できないでいた。この宗次を倒すことが断固とした目的ならば、**この宗次を狙って倒さぬことには意味がない**、と。

このとき、耕造が土間口より庭先へと出てきたので、宗次もむっくりと体を起こした。

「若先生よ。儂は耳だけは自慢だでな……」

掌を丸く屈めて耳に当て、宗次と目を合わせた耕造は、怪訝な顔つきだった。

「かすかに聞こえんかの若先生……」

「うん、聞こえている……こちらへ向かってくるな」

「馬だべ……それも一頭じゃあなさそうですよ若先生……なんだか嫌な予感がしやすよ」

「耕造や。お前は土間に入って戸口を確りと閉じておきなさい。早く……」

「へえ……」

耕造が土間に入って戸口を閉めると、宗次は立ち上がって床の間の刀掛けに横たわっている大小刀を腰に帯びた。

幅広の帯が、ヒュッと衣擦れの音を発した。

宗次は大きな踏み石の上に備わっている雪駄を履き、広縁から庭先へと下り立った。

彼は耳を研ぎ澄ませた。蹄の音は一度遠ざかるようにして消えたが、再び聞こえ出しぐんぐん近付いて来る。

一頭や二頭の蹄の音ではなかった。若しや十数頭か、と宗次は読んだ。

(面倒なことが起きねばよいが……)

と、宗次は舌を小さく打ち鳴らした。宗次はあまり舌打ちをすることがない。それゆえ、たった今の舌打ちは、銃撃によって倒れた己れの身への、苛立ちがさせたようなものだった。宗次ほどの剣客が恐れていたのだ。我が身が再び手負いとなったら、どうしようかと。

「ん?……」

宗次は思わず眉をひそめた。蹄の音がまたしても、ふっと〝掻き消えた〟のだ。

父であり師である尊敬する人との、思い出のこの場所を宗次は、刀でぶつかり合い血で穢すことを好まなかった。この界隈は彼にとっての〝聖域〟でもあった。

宗次は庵の敷地の外に出て、ゆっくりとした足取りで周囲をひと回りした。すぐれた視力に恵まれているから、向こうの林、彼方の竹藪に注意を集中させた。いや、そればかりではなかった。銃撃で倒れてからは、火薬の臭いを逃さぬよう、無意識のうちに嗅覚を働かせるようになっていた。このあたりは、矢張り激烈な鍛錬に耐え抜いてきた剣客であった。

（あれ程の蹄の音、一体何処へ消えた？……確かに此方を目指していた感じであったが）

宗次は敷地の周囲を用心深く、二回り三回りしてから庵へと戻り広縁に腰を下ろした。

大刀の鞘尻が床を軽くコトリと鳴ったが、宗次は大刀を腰にしたままだった。

彼は、**菱繋ぎ文様**の幅広の帯に沿うかたちで、そっと掌を這わせた。左腰側に五本、右腰側に五本、合わせて十本の細長く硬質なものが、掌に感じられた。

小柄である。

揚真流剣法独特の小柄で、細長いつくりの両刃拵えだ。先端が針のように鋭く、身体深くに達するよう工夫された実戦用小柄である。

宗次は日頃、あまり手裏剣（しゅりけん）や小柄には頼らなかった。が、銃撃されて以来、考えを少し変えていた。

彼の手裏剣や小柄の腕は、生半（なまなか）のものではない。

大剣聖梁伊対馬守は、**鉄砲小柄**の名手とも囁かれていた人物であったから、宗次はその極意をきちんと受け継いでいる。

鉄砲小柄とは、鉄砲玉（鉛玉（なまりだま））と競（きそ）っても引けをとらぬ速さ、を意味していた。したがって梁伊対馬守は、その生涯において、銃で狙われたことは一度もない。下手に銃口を向ければ、たちどころに小柄か手裏剣が唸（うな）りを発して飛んでくると判っているからだ。これは宗次時代の鉄砲の能力が、まだまだ充分ではなかったことを意味していた。宗次時代の射程（射距離の意）は鉄砲の拵え方や種類によっても違ってくるが、余程に良い銃だと緩やかな抛物線（ほうぶつせん）射撃をとれば、鉄砲玉は四町（ちょう）以上は（四百数十メートルは）飛ぶかも知れない。しかし、抛物線射撃は、殺（や）るか殺られるかの合戦では何の役にも立たない。しかも鉛玉は**自発力**を有しておらず、銃筒（じゅうづつ）（銃身）の火薬の炸裂（さくれつ）によって銃口から推（お）し出される訳だから、たとえ抛物線を描いて飛翔してもその推力（スピード）は急速に落ちる。これらのことから数学的に推量すれば、宗次時代の鉄砲の殺傷射程（命中射程）はおそらく十二、三間（げん）くらい（二十二、三メートル程度）ではないかと思われる。

これくらいの射距離ならば敵兵の急所にたぶん命中させられるだろう。

（おかしい……蹄の音は何処へ消えた？）

宗次は胸の内で呟き、目と耳であたりに注意を払った。火薬の臭いにも油断しなかった。

（間違いなく此方（こちら）へ近付いて来つつあった……筈（はず）だが）

そう思いながら宗次は、またしても菱繋ぎ文様の幅広の帯に掌を這わせた。

古来より縁起が良いと伝えられてきた菱繋ぎ文様は、吉祥（きっしょう）文様とも称されて『富を手に出来る有り難い文様』と信じられてきた。

もっとも宗次は、そのような縁起は気にしていない。菱繋ぎ文様の帯が気に入っているから、愛用しているだけのことだ。

このとき宗次は、『天下の一大事』級の難事が、次第次第に自分に近付きつつあることに、まだ気付いていなかった。いや、気付くことが余りに困難なほど、それは予想外のことであったのだ。

「はて？……いま、微（かす）かにジャリ……という音がしたような」

宗次はそう漏（も）らして、左手を大刀の鍔（つば）に軽く触れた。このとき宗次の頭の中では既に、左手の親指はクンッと鍔を押し上げていた。抜刀に備えてだ。奇襲に対しては、一瞬の遅れが命取りとなる。

「む……また鳴った」

今度は、カリッという小さな音を、宗次の聴覚は逃さずはっきりと捉えていた。忍び足で何者かが接近しつつある、宗次はそう思った。

と……庵の西側によく育っている二本の銀杏の陰に、一頭の栗毛（馬の意）が現われ、ヴルルッと鼻を鳴らした。その蹄の下で小石が、カリッと音を立てる。

宗次は、怪訝な眼差しで馬上の人を見た。

女だ。見知らぬ女性であった。しかし、身形正しく乗馬服をまとい、腰には鍔付きの懐剣を帯びていた。宗次ほどの剣士の眼力である。脇差では決してなく、懐剣と見抜いていた。

宗次は栗毛の周囲に注意を払ったが、他に人馬の気配は感じられなかった。

栗毛は宗次の面前一間半ほどの所で歩みを休め、乗馬服の女性はヒラリと馬上から下り立った。なかなかの身のこなし、宗次はそう思いつつ相手を観察した。

髪型は平安時代に見られた**白拍子**だった。長い髪を頭の後ろで一束にまとめ絞って垂髪様に下げた髪型だ。これだと栗毛を**襲歩**（いわゆる競馬速度。分速約一〇〇〇メートル）で疾駆させても、髪が崩れる心配はない。

宗次は栗毛から離れ、ゆっくりと近付いてくる凛とした印象のその女性――男装の麗人（美女の意）――を油断なく熟っと見つめた。

彼女は宗次と半間ほどの間を空けて立ち止まり、微笑んだ。

「浮世絵師宗次殿……いや、徳川宗徳殿でござりましょう」

さらりとした口調で告げられ、宗次は思わず呼吸を止めた。

「いかにも浮世絵師宗次……だが、徳川宗徳という名には覚えがござらぬ」

「ふふ……」

「名乗られよ。其方は？……」

「**鶴**と**徳松**の母でございます」

何の気負いもなく、やさしい口調で話す**白拍子の麗人**であった。

「鶴と徳松の？……」

幕府・大名の御歴歴に殆ど関心を抱いてこなかった、**下下の人宗次**の弱点がここで露となったと称してよい。なにしろ彼は出世や権力への仲間入りに、全くのめり込むことなく歩んできたのだから。そういった事には嫌悪を抱いていた、と言っても間違ってはいない。

ここにきて苦笑いをした男装の麗人は、腰に帯びていた鍔付きの懐剣をとって宗次に差し出した。

鞘に金色の葵の御紋が入っていた。

「これは……御一門の御方でございましたか」

「徳川宗徳殿は噂どおり、天才浮世絵師の宗次殿として存在することに意義がおありなのかのう。少し寂しく思いますし、心細くもございます」

そう言いながら、**『鶴と徳松の母』**は懐剣を元に納めた。

「あのう……失礼ながら」

「野に染まり過ぎておる宗徳殿。妾は**五の丸様**と呼ばれている者じゃが……」

「あ……」

「おう、漸くにお判り下されましたか。嬉しや宗徳殿……」

「**お伝の方**様でいらっしゃいましたか。**正二位権大納言**様（徳川綱吉）の御奥方様の……大変失礼を致しました」

宗次は、**御奥方様**に力を込めて言った。こうしてお伝の方に会うのは初めてではあったが、その名は知っていたし、彼女が正二位権大納言の**側室**であることも承知していた。

承知していたからこそ、**御奥方様**の部分に力を込めたのだ。権力のかたまりである幕閣に対して、飄飄乎とした態度をとることが少なくない宗次にしては、珍しい〝配慮〟だった。

「今日は宗徳殿にお会いし、お願いしたい事があって参りました」

「それに致しましても、お伝の方様。よくぞこの庵の場所を御存知でいらっしゃいましたな」

「ほほほ……訳もないことでございます」

「え？」

「宗徳殿は妾の身状（身の上）については、余り御存知ありませぬようで……」

「申し訳ありませぬ。お伝の方様も先程申されましたが、ご覧の通り、私は野に在って生きるを本分として参りましたゆえ」

「打ち明けましょう。妾にとっては幕府の隠密情報機関**黒鍬組**は、実は身近な存在なのです」

「なんと……」

驚いて宗次は思わず目を見張った。聞き捨てには出来なかった。

「宗徳殿が、黒鍬組と対立関係にある幕府の隠密情報機関『**葵**』を、その長官**本郷清継**およびその父で老中格御側衆筆頭**本郷清輝**と共に既に撃破なされておられますること、妾（わらわ）の耳へも届いてございます」

撃破、という表現をサラリと口にした、お伝の方（五の丸様）であった。

「それはまた……で、お伝の方様が『黒鍬組は身近な存在』と仰（おっしゃ）いまする理由。差し支えなければ是非ともお聞かせ下さい」

「宗徳殿ゆえ、申し上げましょう。黒鍬組に表からは決して窺（うかが）えない**影衆**（かげしゅう）と称する暗殺組織があることを、御存知ありませぬか」

「さて……聞いたことはありませぬが」

宗次は首を小さく横に振った。

本当に知らなかったのだ。はじめて耳にする黒鍬組**影衆**の名であった。

お伝の方は物静かに言葉を続けた。

「黒鍬の暗殺組織**影衆**の頭（かしら）に、小谷権兵衛正元（こたにごんべえまさもと）なる人物がおりまする」（史実とされる）

「小谷権兵衛正元……」

「はい。矢張り、御存知ありませぬね」

「はじめて聞く名でございます」

「この人物が……妾（わらわ）の父です」（史実とされる）

「な、なんと……」

宗次は余りの驚きに引っ張られて思わず、のけ反り気味となった。

「いささか疲れました宗徳殿。このあたりで少し広縁に腰を下ろさせて下され」

「これは気が回らぬことで……さ、こちらへ」

宗次は五の丸様（お伝の方）を広縁の方へと促しながら、辺りへ注意を払った。

「心配いりませぬ宗徳殿。大勢の手練を引き連れて参りましたゆえ」

「その手練の者たちは今、何処に？」

「この庵を取り囲むようにしてある森や竹林の中に潜ませております」

「それに致しましても五の丸様。乗馬には相当に馴れておられるようでございまするな」

「ふふふっ、なにしろ小谷権兵衛正元の娘ゆえなあ。馬とは幼き頃より戯れておりました。このこと、宗徳殿ゆえ打ち明けましてよ」

「はい、私の胸深くに止めおきまする」

宗次は頷いてから土間口へ近付いて行き、引き戸を開けた。

「耕造と魚代や。この宗次の大切な御方がお見えになられた。冷たい麦湯と白玉団子をな」

白玉団子は魚代が得意とした、宗次が幼い頃からの御八つだった。

宗次は、形よい二重の目を細めて嬉しそうにしている五の丸様の傍に戻った。

「さて、私に何用あって此処へ参られたのか、そろそろお聞かせ下され。五の丸様ほど位高き立場の御人が、自ら馬を走らせて来訪なされたのには、余程の理由があるのでございましょう」

聞いて、五の丸様の表情が改まった。

「言葉を飾らずに申してお宜しいか宗徳殿」

「どうぞ……」

「宗徳殿は御体調よろしくない四代様（将軍家綱）より、**従三位権大納言**に叙任され、**幕府副将軍**の辞令を拝受なされましたね」

「いかにも……」

「人事の**内定**や**辞令**というのは、**上様そのもの**と私は思うております。左様でございますね宗徳殿」

言い終えた五の丸様の形よい二重の目が、キラリと光って宗次を見据えた。

十一

宗次は五の丸様のどこか妖(あや)しい切れ長な目を見つめて、やわらかな口調で応じた。

「むろんのこと、この私(わたくし)めも、幕府から幕臣に対し正式に手渡される全ての文書は、上様そのもの、あるいは将軍家そのものと理解し敬(うやも)うてござりまする。おろそかには出来ませぬ」

「そのお言葉、確(しっか)りと心から申されているのでございましょうな宗徳殿」

「これは、五の丸様のお言葉とも思えませぬ。いま目の前にいる侍(さむらい)をそれほど信用できぬなら、直(す)ぐにもお引き返し下されこれ以上、この場にて話を交(か)わすことは無駄と言うもの……」

「あ、いや……妾(わらわ)の言葉を、どうか逆(さか)さに捉(とら)えて下さいませぬか宗徳殿」

「逆(さか)さに?……」

「それほどに真剣であるということ、それほどに必死であるということ……」

五の丸様はそう言い終えるや、所(ところ)どころに遅咲きの母子草(ははこぐさ)が見られる庭先へ、淑(しと)やかな動きで下りると何と微塵(みじん)の躊躇(ちゅうちょ)も見せず跪(ひざまず)き、深深(ふかぶか)と頭を下げた。

「何をなさる……」

これには驚いた宗次が、小慌てとなって五の丸様の前へひらりと身を移し、「お止し下され。御方様のなさることではありませぬ」と、はじめて御方様という言葉を用い、彼女の肩に手を触れた。

厳密には、御方様という表現は、側室に対してではなく正室に対し用いられるべきである。

その原則を宗次は無視し、敢えて使った。やや力を込めて。

顔を上げた五の丸様の両の目に小さな涙の粒があった。

「宗徳殿。我が殿（徳川綱吉）は本当に、五代将軍に就けるのでございましょうか」

五の丸様としての言葉の勢いを、すっかり弱めてしまっている御方様であった。

「えっ?……そのお言葉、只事ではございませぬぞ……如何なされました?」

「若しや我が殿は、見えざる権力によって暗殺されるのではないか、と不安でなりませぬ」

「暗殺?……一体どこからそのような只事でない不安が生じてきたのか、具体的にお話し下され」

「それが……具体的に打ち明ける事が出来る証を、妾は何一つ持ち合わせてはいないのです。ただ、日に日にその心配が膨らむばかりなのでございます」

「では、私の方から五の丸様に一つ一つ問うことに致しましょう。判る範囲で結構ですからお答え下さい」

「いささかの推量を加えても、差し支えありませぬか」

「構いませぬ。推量おおいに結構です。私の方で、きちんと解釈を組み立てましょう」

「それならば……」

「その前に改めて申し上げておきましょう。私はこれまで野に在って一日一日を重ねて参り、今日がございまする。要するに権力たるものを避けて生きて参りました。したがって幕府、御三家、諸大名、その他幕臣の内情について詳しい立場にある訳ではありませぬ。先ず、その点について断わっておきまする。お宜しいですな」

「承りました」

「大事なことゆえ確認させて下され。聞き間違いがあってはいけませぬゆえ。……五の丸様は先程、我が殿（徳川綱吉）は五代将軍に就けるのだろうか、と申されましたな」

「はい。確かに申しました」

「そして、見えざる権力によって暗殺されるのでは、と御心配なされました」

「はい……べつに、それを思わせる証（あかし）などはありませぬが……」

「胸の内に生じる不安や心配に証などは必要ありませぬ。そういった薄暗い情が胸の内で蠢（うごめ）き出した事、その事こそが証です。だから用心せねばならない」

「では宗徳殿やはり……」

「ま、これからの私の問いに一つ一つお答え下され。そこから何かにコツンと触れるやも知れませぬゆえ」

「はい、判りました」

「さ、広縁に戻ってゆったりとなさって下され。間もなく、よく冷えた麦湯と白玉が運ばれてきましょうから。五の丸様は白玉はお好きですかな」

宗次は五の丸様に手を貸して広縁へ戻り、二人は向き合った。

五の丸様の表情は少し和（やわ）らいでいた。

「ほんに白玉とはなつかしいこと……幼き頃はよく食しましたなれど、今はもう味すら忘れてしまいました」

「左様（さよう）ですか……ところで御殿様（徳川綱吉）が上野国館林藩（こうずけのくにたてばやしはん）（群馬県館林市）二十五万石（ごく）の藩主となられたのは確か……」

「寛文（かんぶん）元年（一六六一）の御殿様十六歳の時でございます。同じ年に参議（さんぎ）に叙（じょ）され、館

林宰相と称されるようになられました。それから間もなくのこと縁あって妾は幼い年で桂昌院様（綱吉生母。三代家光側室）のお付となり大変に可愛がって戴き、十二の年齢で御殿様（綱吉）の側室となったのでございます」

「うむ。五の丸様は幼き頃から、良い意味にしろ悪い意味にしろ権力というものを眺めてこられたのですなあ」

「そう申せるかも知れませぬ。ただ、政治の権力については、妾にはよく判りませぬ」

「**館林宰相**と称される程の綱吉様ですが、領地へは殆ど出向かれていない、と耳に挟んだことがあります。この辺りのことはどうですか？　私の口の堅さを信じて打ち明けて下され」

「今日までにおける、館林宰相と呼ばれた期間は、およそ二十年になりましょうか。その間、御殿様が館林へ赴かれたのは一度きりでございます」

「一度きり……やはりそうでしたか……かなり以前のことになりますが、噂として私の耳へも届いてはおりました」

「その一度きりは、館林宰相となって、二、三年後の事であったと聞いております」

「では、五の丸様が桂昌院様のお付となられた頃？」

「いいえ、それよりも以前の事にございます。まだお若く元気であられた四代様（家綱）が日光東照宮へ参詣なされた折でございますゆえ」

「なるほど。その参詣に同道なされた帰りに、館林へ立ち寄られたという訳ですな」

「左様でございます。なんでも数日間、館林に滞在なされたそうでございます」

「するとその一度きりの日以外は、**江戸屋敷住まいの館林宰相**、ということになる訳ですな」

「はい。仰る通りです。藩江戸屋敷が**神田御殿**と称されていることについては、宗徳殿は御存知でして？」

　五の丸様の口調が、妖し気な親しみをチラリとだが覗かせた。宗次への信頼感が増すにつれ彼女の胸中にある不安がふっと和らいだのであろうか。

「うむ。神田御殿と呼ばれていること、承知しております。綱吉様は、館林藩主であるよりも、神田御殿の主人の方がおそらく心地よろしかったのであろう」

「そのような姿勢で宜しいのでしょうか宗徳殿」

「宜しいも宜しくないも、既に神田御殿の主人としての生活のかたちがおよそ二十年も続いており、藩主としての数数の務めもその生活のかたちの中で実行されてきたのでありましょう」

「それはその通りでございますけれど」

「そして、次期将軍に内定という真に芽出度い時を迎えたのではありませぬか。これは綱吉様が信任された、ということを指しているのですぞ御方様。信任の信は、信頼する、信用する、の意。信任の任は、任せる、の意。そうではございませぬか」

「申される意の通りに違いありませぬが……。なれど宗徳殿、その信任が**一時的なもの**という心配はありませぬでしょうか?」

「なんと……**一時的なもの**、などと本心から申されておられるのですか」

「本心からでございます」

「一体何をもって、そのような不安を抱かれる?……打ち明けて下され。言葉を飾ることなく」

「…………」

「恐れることはない。私に向かって打ち明けなされ。若しや、大老**酒井忠清**様の宮将軍招聘策が、地に潜って再び動き出しましたか?」

「いいえ。宮将軍招聘問題につきましては、妾のような政治に直接関わらぬ女子でも、既に沈んだ状態にあると理解できまする。宮将軍の心配は、もはや無い、と」

「ならば、なにゆえに?……」

「宗徳殿。二代様（将軍秀忠）以降の将軍は、その地位に就くことを申し渡された時点で、今は亡き神君家康公の御宝刀の中から一振りを与えられた、という言い伝えがございます」

「いや、奥方様。それは言い伝えではなく、事実あったこととして宗次は認識しております。それに徳川将軍家は、言い伝え、と称される程にはまだ深い歴史を積み重ねてはおりませぬ。将軍内定者あるいは決定者への御宝刀下賜については、事実あったこととして確信なされるが宜しいかと」

「ならば事態は一層のこと深刻でございまする」

「綱吉様はまだ、将軍内定あるいは決定を意味する御宝刀を頂戴していない、と申されるのですか」

「はい。しかもその御宝刀は、ご体調いよいよ思わしくない四代様（家綱）の身傍の刀掛けに、大小揃えて掛けられてあると耳に致しております。四代様のお腰の刀では決してなく、まぎれもなく次期将軍の者へ証として手渡されるべき名刀である、と

……」

「なんと……その話ですが一体誰から聞かれましたか奥方様」

「それを明かす事だけは許して下さいませぬか宗徳殿」

「若しや、黒鍬組を牛耳っておる若年寄すじからの情報ですかな。ま、宜しいでしょう。但し、ご体調すぐれぬ四代様の身傍にあった名刀の御名が判らぬ以上、たとえ上級幕僚からの話であったとしても、軽軽には信じぬように致しなされ」

「四代様の身傍にあった名刀の御名であるなら、判っておりまする」

「なんと……聞かせて下され」

宗次の双つの目が、静かに光って五の丸様を見据えた。

「妾の耳元で囁いて下された幕僚の御方は、太刀は本庄正宗、脇差は来国光であると……」

「む……」

「御存知の名刀なのですか宗徳殿」

「まぎれもなく神君家康公の御陣刀と称される天下の名刀です。次期将軍に決まった者に対し授けるに相応しい名刀であると思し召されるが宜しい」

「どのような名刀であるのか、要点だけでも知っておきとう思います」

五の丸様がそう言って宗次に膝を躙り寄せたとき、魚代が冷えた麦湯と白玉団子を、しずしずとした動きで運んできた。

「ありがとう魚代」

宗次がにっこりとして礼を述べると、広縁にそっと盆を置いた魚代は、五の丸様に向かって丁重に平伏をしてにこやかに下がっていった。

「ま、おいしそうな白玉だこと……」

「二人だけです。誰も見てはおりませぬ。気楽に行儀悪く戴きませぬか」

「ふふっ……はい」

宗次は黒文字で白玉を軽く突くと、そのまま口へ放り込んだ。放り込むという表現そのままの楽し気な勢いだった。その様子に五の丸様も、さすがに宗次の様をそのまま演じはしなかったが、それでも黒文字で刺した白玉を丸のまま口に含み、さも美味しそうに目を細めた。二人のひとときの和みであった。

「いま下がっていった婆様は魚代というのですがね、私が幼少年の頃からの、ま、躾に厳しい乳母みたいなもので……白玉を拵えるのがとにかく上手なのです。食べる者の口に入り易い大きさを見計らって拵える。これが実に見事なのです」

二人の会話は、白玉一つを食し終えたことで、再び堅苦しい雰囲気に戻った。

「で、本庄正宗と申しますのはね御方様。実は名刀**正宗**に神君家康公が**本庄**を付して本庄正宗と命名した刀なのですよ」

二人向き合って白玉を食したせいか、宗次の口調はどこかやさしく、親しみを帯びていた。奥方様が御方様に変わってしまっているのに、なんと二人とも気付かぬ様子だ。

宗次の言葉が途切れずに続き、聞き入る五の丸様の表情は真剣だった。

「その昔、**上杉謙信二十五将**に数えられた武勇すぐれたる**本庄弥次郎繁長**という気性激しい若き武将がおりまして、この人物が数数の合戦で用いた正宗なのです」

「なるほど、よく判りました。歴史が流れ、その正宗を手に入れなされた神君家康公が、**本庄**を付され本庄正宗と称されるようになったのでございますね。**上杉謙信二十五将**のひとりであった本庄弥次郎繁長は、謙信と武田信玄の有名な川中島合戦でもおそらくその正宗で武勇を発揮なされたのでございましょうね」

「申される通りかと……」

「来国光についても、簡略に聞かせて下さりませぬか」

「はい。かつての山城国（京都）には粟田口一門と来一門という二大流派のすぐれた刀鍛冶集団が存在しておりましてね。粟田口一門は朝廷や公卿たちとの交流が深く、したがって太刀の姿は**優美で鋭く切れる**ことを一大特徴としました。名匠を数多く世に送り出した、まさに天下一の『名刀鍛冶』の集団と称されたものです。これに対し来一門は、**質実剛健**の気風を表に出した刀鍛冶集団として知られ、『豪にして武』と評された鎌倉武士に大変気に入られたと伝えられています」

「それほどの名刀二振り。いまだ将軍内定の証として我が殿（綱吉）に授けられておらぬということは、宗徳殿ひょっとして……」

「うむ……四代様の胸中に**綱吉でよいのか**、という迷いが漂っているのかも知れませぬな。いや、四代様と申すよりは、四代様周辺の上級幕僚たちの間に、その迷いがあるのやも」

「何故でございます。我が殿（綱吉）は桂昌院様（綱吉生母。三代家光側室）に大切に可愛がられ過ぎてきたという噂はございますけれど、心やさしい英邁なる御人でいらっしゃいます」

「幕閣内部に、新将軍は綱吉様でよいのか、という迷いが存在しているとすれば、それは綱吉様への評価に原因があるのではありますまい。もっと深刻な理由が他に考えられまする」

「深刻な理由と申しますと？」

「いま御体調すこぶる宜しくない四代様（家綱）は、今日に至るまでお元気であられたりご不調であったりを幾度となく繰り返して参られた。それは御承知でいらっしゃいますな」

「はい。勿論のこと……」

「四代様はあれでなかなかに柳生新陰流を心得ておられ、馬術もお得意でいらっしゃる。お元気な時は盛んに剣術や馬術を楽しんでこられたのだが、これについても御存知ですね」

「よく存じてございます」

「そのお元気な時の四代様が、大奥の誰ぞに対しても手を付けたことが決してない、という話を私は幕僚の誰からも、噂としてさえ聞かされたことがありませぬ」

「あ……」

五の丸様の表情が、殆ど反射的に硬化した。顔からみるみる血の気が失せていく。

宗次は辺りを見まわしてから、声を潜めて言った。

「現在の四代様には後継者とすべき直系の子がおりませぬゆえ、綱吉様を養子のかたちに据えて新将軍の内定者に指名したのです。だが、死期が迫っている四代様の子を懐妊している**誰ぞ**が若し**大奥**にいるとしたなら、事情は大きく変わってきます。劇的な程に」

「どのように変わると申されるのですか宗徳殿」

「新将軍綱吉様は、亡き四代様の血を分けた子が誕生する迄の、**中継ぎ将軍**に止まりましょう」

「そんな……」

「但し、生まれてきたのが姫ならば、話は一層ややこしくなる。姫に婿をということになりかねませぬ」

「それでは我が殿（綱吉）は、まるで御飾り将軍ではありませぬか。納得できませぬ」

「お伝の方様……」

お伝の方様を〃持ち出した〃宗次は彼女の両の肩へ、軽くそっと手を触れた。正二位権大納言・徳川綱吉の側室であって、**鶴**と**徳松**という姫と嫡男に恵まれた彼女は、綱吉の正室**信子**（左大臣・鷹司教平の娘）が子に恵まれていないため、既に館林家・奥の権力を掌握していた。綱吉の生母桂昌院に気に入られていることも、強みだった。

宗次は穏やかな調子で言葉を続けた。

「正二位権大納言・徳川綱吉様が新将軍に内定したということは、お二人の御子様に恵まれたお伝の方様も新将軍の御令室に内定したということを意味するのです。それゆえ泰然たる姿勢を見失ってはなりませぬ。誰彼の言葉や噂ごときで狼狽えてはなりませぬ」

なんと宗次は大胆にも、御令室という表現を用いた。この時代、御令室は貴人の正妻を指す。しかしながら宗次は、綱吉将軍の後継者である嫡男徳松の生母である五の丸様を、間もなく事実上の御令室になる、と読んでいるのだった。そして綱吉将軍が実現するや、宗次の予想した通り次期将軍（徳松）の生母としての側室お伝の方は、大奥でまさに御令室の如き絶大な権力を握ることになる。

「そうは申されるが宗徳殿。妾の胸の内の不安、殿（綱吉）は若しや暗殺されるのではないか、という不安は膨らむばかりでございます。この不安を何とかして下され宗徳殿。どうか……」

「お伝の方様は、今日現在においては館林藩神田御殿の奥の主でいらっしゃる。よって江戸城大奥の主なる侍女たちの一人一人については、まだ詳しくはありませぬな」

「はい。妾を可愛がって下さいます桂昌院様も、三代様亡きあとは私共の館林藩神田御殿へ居を移されておられますゆえ、今の大奥の内情につきましては余り関心をお持ちではありませぬ」

「そうでありましょうな。が、そうは言っても綱吉様を傍目にも眩しい程に大事にされておられる桂昌院様のことゆえ、綱吉将軍が実現すれば将軍生母として大奥へ居を移され、権勢を振るわれることになりましょう。その辺のこと、姑・嫁うまくお付き合いなされるように五の丸様。二つの権力が衝突など致さぬように……」

今度は五の丸様と口に出した宗次だった。彼は彼女の呼称を次次に変えて用いているのだが、世辞の厚塗りが目的で、そうしているのではなかった。次次と呼び名を変えて、硬直している五の丸様の〝感情・こころ〟を優しくさすっているのだった。宗次らしいやり方だ。

「妾と桂昌院様の衝突など、有り得ませぬ。幼い頃から実の母のように眺めて参った桂昌院様ですもの」

「懐妊の可能性がある侍女、今の大奥にどうやらいそうですな。ご体調よろしくない四代様の子を宿している侍女が……下手をすれば、その侍女も危ない。綱吉様支持派が嗅ぎつければ、その侍女に対し密かに刃を向ける恐れがありましょう」

「そんな……若しそのような事態が生ずれば、権力対権力の大衝突になり、大勢の犠牲者が出かねませぬ。それだけは何としても防がねば」

「館林藩家臣の主たる者に向かって、先ず五の丸様が毅然とした態度で厳しく、しかし穏やかに接しなされ。誰に対してであろうと、新将軍が正式に決まった瞬間も、また決まったその後も、泰然たる冷静さを維持し、館林藩としての誇りを守るように致せ、とね」

「畏（かしこ）まりました。宗徳殿の仰（おお）せの通りに致します。今日からでも……」

「はい。それに……私もちょっと動いてみましょうか」

「おお、動いて下さいまするか宗徳殿」

五の丸様の表情が、漸（よう）く明るくなった。

十二

宗次の時代、大奥の職階は最高位の上臈御年寄（じょうろうおとしより）から最下位の御半下（おはした）まで二十階あったが、最下位群の御半下、御使番（おつかいばん）、御仲居（おなかい）ほかは『下婢（かひ）』と称されて大奥女中からは外されていた。大奥女中ではない、という差別である。したがって、大奥職階としての最下位は、上から数えて十五番目に位置する**御三之間**（おさんのま）であった。そしてこの位（くらい）は**御目見以下**（おめみえいか）とされた。

この**御三之間**の職掌（しょくしょう）は、各居間の掃除（そうじ）および『大奥御三役』から命じられた雑用に当たる係である。『大奥御三役』とは、**御年寄**、**御客応答**（おきゃくあしらい）、**中年寄**（ちゅうどしより）を指し、その下の**中臈**（ちゅうろう）も含まれると考えて差し支えないだろう。

この御三之間の一つ上の職階には**御広座敷**（おひろざしき）があって、大奥の外交官と称されている

表使(おもてづかい)を上司と仰(あお)ぎ、御三家や大(だい)大名の**女使**(おんなづかい)が訪れた際の膳部(ぜんぶ)をつとめた。この**御広座敷**から上の職階が**御目見**だった。古く平安の頃から言われている**女使**というのは、高貴な人物の日常生活に供奉(ぐぶ)する女官（内侍(ないし)と言う）を指している。

　この日、大奥・御三之間に付属する寝具などが置かれた御納戸(おなんど)で、ひとりの年若い可憐(かれん)な女中が手拭(てぬぐい)を口に銜(くわ)え、胸に手を当てながら繰り返し襲ってくる嘔吐(おうと)の苦しみに、必死に耐(た)えていた。手拭を口に銜えているのは、胃袋の辺りから込み上がってくる呻(うめ)き声を、殺すためであろう。

　暫(しばら)く経(た)って、漸く苦しみが収まり出したのか、銜えていた手拭をとった彼女の顔、首すじには脂汗(あぶらあせ)が噴(ふ)き出していた。

と、御納戸の襖障子(ふすましょうじ)の向こうで不意に「お臑(すね)さん、お臑さん……いるの？」と、囁き声があった。

　嘔吐しそうな苦しみに耐えていた彼女が、その「お臑さん……」なのに違いない。彼女は襖障子へ力なく手を伸ばしてトントンと小さな音を立てた。おそらく襖障子の向こうの声が、覚えのある同僚の声という確信があったのであろう。

　襖障子が静かに開いた。

　小さな丸い明り窓が一つあるだけの薄暗い御納戸に、中庭の明りが差し込んで、お孺はその眩しさで一瞬思わず目を閉じた。

先ず若い女中が御納戸に入ってきた。

「あ、お敬ちゃん。私、苦しくて……」

そう言った、いや、そう言いかけたお孺であったが、続いてするりと入ってきた身形ひときわ整った奥女中に、お孺の表情はたちまち硬直した。

彼女が名を口にした、お敬ちゃん、は身形ひときわ整った奥女中に恭しく頭を下げると、黙って御納戸から出て行き、襖障子を閉じた。

元の薄暗い御納戸に戻って、「お、お許し下さりませ。**三浦**様……」とお孺が震え声を出した。薄暗い中であったが、お孺の体が小刻みに激しく震えているのが判った。

それよりも見逃せないのは、お孺が口にした「**三浦**様……」という名であった。

少し寄り道をさせて貰いたい。

大奥女中の名前には、身分や地位・権力に相応しい名前が付けられるという、厳格な決まりがあった。**御年寄**、**御客応答**、**中年寄**、**表使**などは、山、川、浦、島、岡、野、田、尾、村、町が下に付く名、たとえば「滝川」とか「瀬山」「咲島」と言った具合に決められていた。

右にある『大奥御四役』の中で最高権力者は格式十万石とされる**御年寄**で、その力は**表**の（表御殿の）御老中に匹敵した。

この**御年寄**の次に権力を掌握していたのが、大奥の**外交主監**と称され奥女中の人事にまで直接・間接的に関わっていた**表使**である。職階順位は上から八番目であるにもかかわらず、権力については第二位という立場にあった。たとえば、女中が召しかかえられる際に必ず求められる**誓詞**であるが、その提出先は**上臈御年寄**、**御年寄**、**表使**に限られていた。

大奥の最高位である**上臈御年寄**には明確な職務権力（大奥女中の支配権限）はない。上臈とは改めて述べるまでもなく、高貴な婦人とか高位の女官などを意味し、翻ってここ大奥では京の公卿家出身の女性を指している。このことから、大奥で茶の湯などが催される場合、修飾的最高位に在った上臈御年寄が将軍や御正室の、時には御三家を交えた席などで、作法相談役などと称してお相手をつとめた。

この上臈御年寄の名は、出身が京の公卿家などであったことから、よく見られる**通り名**の姉小路（始祖、権大納言中宮大夫・正二位、姉小路公宣）とか花園（始祖、左中将・従四位上、花園實教）あるいは飛鳥井（始祖、従三位参議、飛鳥井雅經）や万里小路（始祖、従三位、万里小路資通）などが用いられた。この他に梅渓（始祖、左中将・従三位参議、梅渓季通）なども使われたようだ。

さて、お糯が怯えたように口にした「三浦様……」は、大奥第二位の権力者**表使**だった。

三浦は、お糯と向き合うようにして腰を下げると、やさしく目を細めて微笑んだ。

「これこれ、お糯や。そう心配せずともよい。何事であろうとこの私に相談しなされ。宜しいな」

「三浦様に……三浦様にご相談など……勿体ないことでございます」

お糯は歯をガチガチと鳴らし、涙ながらに震え声で言った。

「そう怯えた目で私を見るでない。私は鬼でも蛇でもありませぬぞ。これ、お糯、私はお前を助けようと思うてこの御納戸に潜み入ったのじゃ。だから私の問いに正直に答えなさい。さすれば、お前は何の心配もなく救われるのです」

「どのような……どのような問いに……お答えすれば」

「お前、ややを宿しておるな」

「そ、そのような恐ろしいこと……」

「これ、ややを宿すことが恐ろしいことなどと、口が過ぎますするぞ。女子がややを宿すことというのは、神聖なことなのじゃ」

「は、はい。申し訳ありませぬ」

お臑のその答えは、我が身がややを宿していることを認めたようなものであったが、**表使**の出現に怯えるお臑はまだそのことに気付いていなかった。

「御目見以下のお前が、ややを宿していることは、御仲居、火之番（ひのばん）、御使番、御末（おすえ）と言った下下（しもじも）の下役たちの間で既に噂になっておる、と私（わたくし）をこの御納戸へ案内してくれた先程のお敬と申す女中（もの）が言っておった」

「え、お敬ちゃんが……」

おそらく親しく信頼し合っていた同役なのであろう。それまで怯えに覆（おお）われていたお臑の表情が、凍（こお）り付いたように止まった。が、それは長くは続かなかった。その顔に失望の色が広がり、お臑はがっくりと肩を落としてうなだれた。

と、**三浦**が瞳の奥をギラリとさせてお臑を睨（にら）みつけ、けれど直（す）ぐ様（さま）もとのやさしい笑顔を繕（つくろ）った。

「のう、お臑や。たった今よりこの私（わたくし）を実の姉とも思うて頼りに致し、何事も私の申す通りに致すのじゃ。わかりましたね」

うなだれていた顔を上げたお臑は、**三浦**と目を合わせ弱弱しく頷（うなず）いた。

「それでよい。うん、それでよい。いい子じゃ。いい妹じゃ。お前が宿しておるややの父親も戸堺与之助と判っておるのじゃ。だから素直にならねばいけませぬぞ」

「戸堺……戸堺与之助とは、どなた様でいらっしゃいますか……」

「何を惚けておるのじゃ。お前の腹の子の父親ではありませぬか。御仲居、火之番、御使番、御末と言った下下の下役たちの間でも既に知られておる。噂以上に知られておることとじゃ」

「い、いいえ、三浦様。戸堺与之助など、はじめて耳に致す名でございます。私の知らぬ人です」

「知らぬとは言わせませぬ。広敷下男・戸堺与之助、役高一〇俵一人扶持の軽輩御家人。どうじゃ、ここまで申せば知らぬと惚けることは出来まい」

「本当に知らない人です。広敷下男との付き合いなどは誓ってございませぬ。どうか三浦様、実の姉とも思うて御信頼申し上げますゆえ、お聞き下さいませ。我が身に宿しましたるややの父親は、上……」

そこまで言ったとき、お鷹の頬がパァーンと乾いた音を立て、彼女の正座していた姿勢は横に張り倒されていた。それほど、力任せに頬を叩かれたお鷹だった。

「よいかお鷹。容姿端麗なお前や、お前の宿元（生家）である青果卸商がこれからも安穏とした日常に恵まれるためには、お前は迂闊なことを口にしてはならぬのじゃ。

判ったかえ、お臑。お前のうっかりとした一言が、天下の騒乱を招くかも知れぬのですぞ」

「天下の騒乱……」

「そうじゃ。今日只今より、お前は私の別命あるまで無言を貫き通すのじゃ。誰とも絶対に口を利いてはならぬ。判りましたかえ。絶対にじゃ」

「………」

「判りましたか、と問うておるのが聞こえぬか」

三浦は物静かな口調で言い、微笑んだ顔をお臑に近付けた。しかし、微笑んだ表情の中で双つの目は、異様な凄みを覗かせ暗く光っていた。

お臑は生唾をひとつ呑み下してから、深深と頷いた。まるでオオカミに見据えられた小兎のように、深深と頷くしかなかった。恐怖が背中を這っていた。

「痛かったかえ……」

三浦は、小さな丸窓から差し込む薄明りの中でもそうと判る、お臑の頬の我が掌のあとを指先で軽く突くと、勢いよく立ち上がって御納戸から出ていった。

そろりと閉じられた筈の襖障子が、受け柱に当たってパチンと甲高く鳴る。

薄暗い中にひとり取り残されたお臑は、その甲高い音に思わず目を塞ぎ、肩を竦ませた。

彼女の体を、またしても小刻みなぶるぶるとした震えが襲い出した。

「知らない、知らない。広敷下男の戸堺与之助などという男……知らない」

震える唇の間から、そう呟きを漏らすお臑の目に大粒の涙があった。

では、広敷下男とは、どのような立場の人物なのであろうか。

下男・役高一〇俵一人扶持という点からも、かなり低い地位の男であるとの見当はつく。

大奥には、**御広敷向**と称する**男性役人**の職域（区画）があった。

この職域は、**『事務取扱い系』**と**『監察・警備系』**の二系統に分かれ、約六五〇〇坪はある広大な大奥の主として東側の一画に配置されていた。

むろん女人御殿である**御殿向**とか**長局向**へ軽軽には立ち入る事が出来ない。

御殿向とは、将軍とその家族のための生活空間を指し、**長局向**は職住接近で勤めに励む奥女中たちの住居を意味する。但し、彼女たちの勤務場所（詰所）そのものは**御殿向**の中に配置されていた。巨大な上場ドレス・メーカーのワンマン**女性会長・社長室**の下に、近くの**女子寮**から通う容姿端麗な女性たちの職場つまり部・課・班・係などが華やかに犇めき、勝敗・優劣意識を沸騰させている光景を想像すると判り易い。魑魅魍魎が最も蠢きやすい環境だ。

その環境の片隅で、与えられた『制限区画』を厳守しながら勤めに就いている男性役人が、彼ら**御広敷向**だった。

『事務取扱い系』の職階は上位から、**広敷用人**、広敷用達、広敷侍などがあり、もう一方の『監察・警備系』も、**広敷番之頭**、広敷添番、広敷伊賀者などがあった。

むろん、更に下位者もいる。

では、お臑が目に大粒の涙を浮かべて「知らない、知らない。広敷下男の戸堺与之助などという男……知らない」と頑なに否定した戸堺与之助とは一体、どの地位あたりにいるのだろうか。

右に述べた『事務取扱い系』と『監察・警備系』の二系統だが、この二系統は事務方の**長**である**広敷用人によって統括**されている。そしてこの広敷用人の地位には、**役高五〇〇石の旗本**が、役料三〇〇俵を追加支給されて就いていた。

広敷下男・戸堺与之助は、『監察・警備系』の**長**である広敷番之頭の配下に属しはするものの、その地位は極めて低く、役高は一〇俵一人扶持で最下位に近い御家人格だった。

お臑は長いこと、御納戸の中で縮こまっていた。御納戸の外の世界がこれ迄とは全く変わっているような恐怖があった。これまで親しい話し相手として信頼してきた同役のお敬の、裏切りにも似た変わりようが、更に恐ろしかった。我が身がややを宿していることを、お敬が大奥女中の誰彼に言い広めているような絶望感に苦しんだ。

「どうしよう……」

お臑は鼻をすすり鳴らして、そっと腹を撫でた。同役の幾人かと『上様の御居間』を掃除した〝過ぎたる刻の事〟が、昨日のことのように思い出された。部屋の隅隅を丹念に拭き掃除していたお臑は、その作業に心身を集中させていた。床にも柱にも桟にも敷居にも気を配って拭き残しのないよう一生懸命に励んだ。

ふと気が付くと、同役たちの気配は消え、見たことのない気位の高そうな侍が、床の間を背にして立っていた。その侍はやさし気に微笑んで訊ねた。

「お前、名は？……」

訊かれてお臑は気が遠くなった。見たことのない侍ではあっても、上様と判らぬ筈がないお臑だった。なにしろ『上様の御居間』の拭き掃除をしていたのだから。

お臑がはっきりと覚えているのは、その辺りまでだった。そのあとのことはどうしても思い出せなかったし、思い出すのが怖かった。ただ、上様の生温かい物がゆっくりとやさしく我が身の内に入ってきた時の軽い痛みの感触だけは、今もはっきりと残っている。

「上様……」

ぽつりと呟いてお膳は立ち上がり、よろっと一度よろめいてから、力なく御納戸の襖障子を開けた。

十三

それより僅(わず)かに三日後の薄靄(うすもや)ただよう早朝。身形を整えた御三之間のお膳は、大奥の実力者である**表使**の三浦ひとりに付き添われて上梅林門(かみばいりんもん)を出、**平川門**(ひらかわもん)（平河門とも）へと歩みを向けていた。早朝の城内は深閑(しんかん)と静まり返っていた。要所要所で目を光らせている番士たちも、殆ど直立不動で立ちまるで人形のように見えなくもない。

三浦の後ろに付き従うお膳の顔には、怯えが広がっていた。昨夕に突然、二十両の金子(きんす)と上物の着物を与えられたお膳だった。

その上物の着物はいま着ており、三浦より与えられた懐剣(かいけん)を帯びることも許された今朝のお膳である。

やがて前方に平川門が見えてきた。この平川門は**大奥女中の通用門**である。時代が少し下がってこの門からは、城内**松之廊下**で高家筆頭・吉良義央にいきなり斬りつけ即日切腹となった赤穂藩主・浅野内匠頭長矩の遺骸や、同じく城中**中之間**で新番士・佐野善左衛門に暗殺された従五位下山城守・若年寄田沼意知（老中田沼意次の嫡男）の遺骸などが運び出されるという不浄門の役割を負ったりもした。

平川門の衛士が、次第に近付いてくるのが大奥の実力者である**表使**の三浦と判ったのであろう。威儀を正した。

つと、三浦が足を休め、肩を落とし気味に歩み寄ってくるお繻を笑顔で待った。

「これこれ、お繻。位が御三之間頭に上がっての、めでたい日の宿下りじゃ。新しい着物と懐剣を与えられたのじゃから、もそっと明るい表情を拵えなされ」

「は、はい」

怯えたように頷いたお繻の表情は、明るい表情を拵えるどころか、今にも泣き出しそうだった。

何が何だか解らぬまま、三浦の言いなりになって、平川門の近くまで来てしまっていたのだ。

「よいか、お繻や。門の外には、お前の愛しい旦那様、広敷下男の戸堺与之助が待っておる。宿下り用の**あんだ駕籠**も調えておるゆえ、目黒の生家までゆったりと帰るがよい」

「三浦様……」

「私との話はここまでじゃ。ここで見守っているゆえ、さ、行きなされ。御三之間の頭らしく確りとした足取りでのう」

穏やかにそう言った三浦であったが、やさしい表情の中で、双つの目をギラリとさせた。

お臑の顔色が、たちまち蒼白になっていった。

平川門が扉を開け始めた。

「さ、早う……」

不自然なほど低くなった三浦の声に促され、お臑は絶望感に襲われながら歩き出した。

「愛しい夫殿と末長く仲良くするのじゃ。よいな。**あんだ駕籠**には、お前が乗り、夫殿は歩かせればよい」

三浦はそう言い切るや、くるりと踵を返し何事も無かったような様子で、すたすたと歩き出した。

お臑は後ろから三浦に睨みつけられていると思っていたから、悲しみをこらえ逃げるような早足で平川門の外に出た。

門の外にはひと目で下級の士（もの）と判る、質素な身形の若い侍がひとり、不安気な様子で待っていた。その直ぐ傍（そば）には小拵えの**あんだ駕籠**と、三人の舁き手（かて）の姿もあった。

上物の着物を着て懐剣を帯びたお臑を見たその質素な身形の若侍は、うやうやしく御辞儀（おじぎ）をしてから、小幅の急ぎ足で彼女に近寄った。

「お臑様でいらっしゃいましょうか」

「広敷下男の戸堺与之助殿ですね」

そこは大奥で厳しく躾（しつけ）られたお臑の大奥女中らしい身構えであった。御目見以下の**御三之間**の者ではあったが今や、頭（かしら）が付く立場のお臑なのだ。地位みすぼらしき広敷下男に対し、上からの目線で接することの呼吸は心得ていた。

「はい。広敷下男の戸堺与之助です。さ、ともかくお駕籠に……」

「行き先は心得ているのですか」

「目黒の御生家の方へ、と指示を受けてございます」

お臑は頷くと、**あんだ駕籠**に歩み寄って、舁き手たちに短く声を掛けてから駕籠の人となった。

大奥女中として初めて駕籠に乗ることを許されたお臑は、迂闊（うかつ）にも大奥女中の地位別に許されている**乗り物**（駕籠）の知識に疎かった。と言うよりは、まだ具体的に教わっていなかった。

あんだ駕籠は、大奥で『下婢』と称されている**大奥女中ではない**下女たち（御半下、御使番、御仲居など）が、使うことを認められている駕籠だった。多くの場合、市井からの借物を用いた。常備が殆ど無かったからだ。

御三之間の頭の乗り物（駕籠とは言わない）は、『莚打黒銅鋲打棒黒』と定められている。

お臑を乗せた駕籠が、担がれ動き出した。

お臑の両親は目黒で割に広い畑地を耕す百姓だった。柿や梅、無花果、桃などの果樹畑も持っている。大実の栽培を成功させている柿や、甘みの強い無花果の秋果・夏果は大変評判がよく大身旗本家へも納めていた。桃はこの時代のものは果肉が硬く改良を重ねているのだが、まだ手広く出荷できる迄にはなっていなかった。

お臑の父親の名は吉平と言ったことから、日本橋北詰に青果卸として出している店を『八百吉』と称した。規模はそれほど大きくはないが、お臑の兄ふたりが力を合わせて商いを上手に軌道に乗せており、青果の供給は父親吉平の役目だった。小作の者を使い何台もの大八車で二、三日置きに新鮮なものを『八百吉』へ届けている。

駕籠の中のお臑は、胸騒ぎがしてならなかった。おなかの子は上様の子であった。それ以外は考えられない彼女である。上様以外の男に、肌身を許したことなどない。お臑の脳裏におどろおどろしく残っているのは、**三浦**から告げられた「……お前のうっかりとした一言が、天下の騒乱を招くかも知れぬ……」であった。そう告げた時の**三浦**の目つきの凄さが、今も目の前にチラついている。

お臑は溜息(ためいき)を吐(つ)いた。亭主でもなく、おなかの子の父親でもない男を生家へ連れていったあと、一体どのようにしてよいのか判らなかった。

「お疲れではありませんか。少し休みましょうか」

窓簾(まどすだれ)の向こうで、囁き声があった。腰を下げ顔を窓簾に触れそうなほどに近付けている戸堺与之助であった。

「大丈夫です。まだ乗ったばかりではありませんか」

「は、はあ……」

お臑は相手に失望した。どのような男であるのか、まだ全く判っていないというのに、激しく失望した。このような男は私の理想に値(あたい)しない、と思った。

では両親(ふたおや)に対し、このような男をどういった言葉で引き合わせればよいのか。

月が経てば、おなかも膨らんでくる。真っ直ぐな気性(きしょう)の御父(おとう)は、きっと厳しく問い詰めてくるに相違ない、とお膳の絶望感は膨らんだ。

十四

はじめて**お伝の方**と出会って三、四日の間、宗次は『目黒のお鷹狩の森』そばの庵から殆ど外に出ず、広縁に胡座を組み、ムスッとした様子で考え事をしていた。

　こういう場合、耕造も魚代も出来るだけ宗次に話し掛けぬようにして、そっと距離をとる。

　父であり師であった今は亡き大剣聖梁伊対馬守との手製竹刀による稽古で、厳しく滅多打ちにされた少年時代の宗次は、広縁に長い時間座り込んで力なく考え込んだものであった。父はなぜ、あのように強いのかと。なぜ、あのように厳しいのかと。

　そのような宗次を、あたたかく優しく見守り続けてきた耕造と魚代だった。

　その宗次が〝茫然とした出来事〟がその昔あった。何歳の時であったか、父との凄まじい乱取り稽古の最中に、まるで爆雷のように生じたのである。

　宗次の二段打ちが目にもとまらぬ速さで、父の右手首、右肩へ炸裂したのだ。

　それはあの大剣聖が思わず「うおっ」と唸るほどの激痛を与えていた。

宗次ではなく梁伊対馬守の呻きでは、と思った耕造と魚代が半ば取り乱して台所土間から庭先へ飛び出してみると、**大先生**は竹刀を足許に落とし、余りの苦痛で地に片膝をついていた。

耕造と魚代は小慌てに大先生へ駆け寄った。その**大先生**は不機嫌そうに、こう言った。

「耕造よ、魚代よ。我が息子が遂に恐るべき呼吸を摑みよったわ。井戸水で冷やした手拭を早う持ってきてくれ。痛うてたまらぬ」

それを聞いて耕造と魚代は、**大先生**の御前であるにもかかわらず、ボロボロと大粒の涙をこぼしたものであった。喜びの涙を……。

「ふう……」

お伝の方のどこか妖しい眼差を思い浮かべつつ、宗次は小さな溜息を吐いて、ゆっくりと腰を上げた。**お伝の方**に頼りにされた宗次は、「うん、私もちょっと動いてみましょう」と応じはしたが、今日までどうしてもその気が起きなかった。

と、土間口から庭先へ、回り込むようにして耕造が現われ、宗次と目が合った。

「お、耕造。何処かへ出掛けるのかえ」

「へえ、吉平ん家へ行って、夕餉に要る青菜と長葱を分けて貰うてきます」

「今夜は何ぞ馳走してくれるのか」

「若先生に馬力を……と、婆さん（魚代）が言っちょりましてな。ははっ、すんません。儂は今夜の献立までは知りまっせん」

「よし耕造。散歩がてら、その吉平ん家まで付き合おう。これまで殆ど訪ねたことがない吉平ん家なんでな」

「そりゃあいい若先生。ひとつ親しく付き合うてやって下せえ。それに先生、ここんとこ体を動かしておられんから丁度いい……歩いて下され。少し遠いがのう」

「決まりだ、行こう」

　宗次は床の間まで下がり、大小刀を腰に帯びてから、台所土間との間を仕切っている障子を開けた。

「魚代や。散歩がてら耕造と吉平ん家まで出掛けるから」

「あれまあ、若先生。爺さんに付き合うたりしたら、青菜や長葱や大根を持たされかねんぞや。ちょっと爺さんに注意しとかんと」

　そう言って台所土間から出ようとする魚代に、

「いいから、いいから。体が少しばかり鈍っちょるから、野菜を背負うことなんぞ軽い軽い」

鈍っちょる、という表現を宗次が使ったからであろう。魚代が思わず破顔した。

宗次は笑みを返して広縁から大きな踏み石の上に下り、雪駄を履いた。

宗次と一緒に出掛けることになって、耕造は上機嫌であった。

「亡き大先生に、よう鴨を届けてくれた村一番の鉄砲撃ちの久助爺さんを若先生、今も覚えておりましょうかのう」

「随分と長く会うてはおらぬが、よう覚えとる。**お鷹狩の森**の近くで鉄砲を撃ってはならぬ、と公儀から厳しく叱られ鉄砲撃ちをやめた、と聞いたが……」

「へえ……だども昨年春に公儀より突然、食生活のために限る、とした条件付きで、月に五度の午前中だけ鉄砲猟を許されよったんです」

「なんとまあ……随分と長年月が経ってからの許可であるなあ」

「人情家で知られちょる村名主さんが、鉄砲猟の生活者の困窮を見かね、ことあるごとに役所へ訴えていたんですよ……」

「なるほど、そういうことか……」

やや硬くなっていた宗次の表情が緩んだ。自身鉄砲で撃たれ重傷を負っただけに、鉄砲と聞くとさすがに神経が尖るのであろう。

「その久助爺さんが今朝早くに、若先生へと、鴨を届けてくれたんですわ。もう七十も終わりになるというのに、ええ元気で」

「お、そうだったのか。それは有り難い」

「その鴨で婆さん（魚代）は今夜、何ぞ拵えてくれるんでしょう。若先生、三人で一杯やりまっしょ」

「よし、受けた。呑もう……」

宗次の心は和んだ。

二人は話を弾ませながら、お鷹狩の森を目指して歩いた。べつに、その森に入っていく訳ではなかった。

二人が歩む大八車の車跡が続いている広い農道は、森の手前の大きな灌漑用の古沼に沿うかたちで、左へ右へと曲がって続いている。沼というよりは、一本の小川が流れ込んでいて湖と呼べるくらいに大きい。鮒、鯉、鰻などが豊富に棲息する。

これから訪ねる吉平ん家は、沼の北側に柿、梅、無花果などの栽培林に囲まれてあった。この界隈では知られた富農で、百姓家というよりは『小屋敷』という表現が似合うほど、立派な住居だった。言わずと知れた日本橋北詰の青果卸『八百吉』の主人、吉平の住居である。吉平と耕造・魚代は、幼少の頃から付き合いがあった。

吉平の住居を囲む柿、梅、無花果などの栽培林の外側は、界隈の百姓たちがわざわざ〝吉畑〟と名付けて呼ぶくらいに広大な彼の、つまり『八百吉』のための畑だった。

古沼に沿った長い曲がり道をかなり進むと、やがて人の手で造られたものと判る玉石積みの土堤が、次第に二人に近付いてくる。ただ、土堤とは言っても、大人の背丈くらいの高さしかない。

「あ、跳ねよりました若先生。でかいのが……」

宗次よりも先に土堤へ駆け上がった耕造が、水面を指差した。

「お、また跳ねたぞ。うむ、でかいなあ……」

耕造に続いて土堤に上がった宗次も、鮒か鯉か判らぬ大物が、飛び跳ねるのを認めた。

「この古沼での釣りが近在の村村の申し合わせで禁じられてから、ええと……」

「十年にはなるよ耕造。私が亡き父から免許皆伝を許されたのが、十八の時であったから、よく覚えておる」

「あ、そうでございましたな。そう、若先生が十八の時……」

「すると、鮒や鯉や鰻たちも、でっかく育って当然だよなあ」

「ええまあ、若先生が、こんなに立派に偉くおなんなさっているのですからねえ……」

「おいおい、俺なんぞは耕造や、少しも偉くなってはおらぬよ」

そう返した宗次の表情が、ふっと暗くなった。**お伝の方**を思い出したのだ。

（**お伝の方**が、わざわざ此処（ここ）まで来たということは……ひょっとすると、綱吉様もある日突然、現われるかも知れぬな……面倒なことが起こらねばよいが）

宗次は四、五歩前を行く耕造に気付かれぬよう、青青とした空を仰（あお）いで溜息を吐いた。

と、耕造が歩みを止めて、「若先生……」と振り返った。

「ん、どうした」

「いま、聞こえませんでしたか」

「何がだ」

「悲鳴のような……」

「お鷹狩の森の間近なのだ。鹿（しか）、猿（さる）、猪（いのしし）が金切声（かなきりごえ）を発しても不思議ではないぞ」

「いえ、若先生……ひとの叫び……あ、ほら」

「おお、確かに聞こえた……森の中だ」

「へえ。森の中からです」

宗次は古沼の北側に小さく見え始めている吉平の小屋敷を指差した。

「耕造、お前は吉平ん家へ行ってなさい」

「若先生は森の中へ?」

「ともかく行ってみる。お前は吉平ん家へ……よいな」

言い置いて宗次は土堤の上からヒラリと農道へ下りるや、韋駄天の如く駆け出した。

直ぐ目の前に、農道から右へ分かれるかたちで、公儀の手でよく整備された『御鷹道』がお鷹狩の森へと吸い込まれている。目黒不動への近道でもあるので、お鷹狩の日以外は、界隈の百姓町民も自由に往き来してよいことになってはいるのだが、武蔵野台地の鬱蒼たる原生林の中へ入っていくことになるので、近在の人人は余り利用しない。

と言うよりは、頻繁に利用して綺麗に整備されている『御鷹道』が荒れ、公儀より費用負担込みで修復を命じられる事を恐れているのだった。

「どうも嫌な予感が……」

農道を直ぐ先で右へ折れ、お鷹狩の森へと走って行く宗次の姿を見送っていた耕造は、思い出したように吉平ん家へ急いだ。吉平とは、お前はよ、俺はよ、と幼い頃から言い合った仲の良い間柄だった。

「あ……」

土堤の途中で耕造の急ぎ足が止まった。今度は「ぎゃっ……」という男の悲鳴が聞こえた。宗次の姿は既に、視界から消えている。

「こいつぁ捨て置けねえ……」

耕造は、吉平ん家へ向けて土堤を走り出した。畑仕事に携わる小作を、大勢使っている『八百吉』だった。場合によっては鍬や鎌を手にした人出を森へ、と考えて走り出している耕造だった。

宗次は『御鷹道』を、放たれた矢のように走った。

悲鳴が生じた現場は遠くない、と読めている宗次だった。

目の前右手に、『御休所』が見えてきた。お鷹狩をする上様が、ひと休みする場所だった。

大和葺屋根の下に格天井を持ち、床は十畳大の板間である。室内の三方の壁には風通しのための突上戸が拵えられているが平時はむろん閉じられている。土が石のように硬く打ち固められた土間も十畳大の広さがあり、土間口の雨戸は平時は矢張り閉じられていた。月に一度か二度、『将軍遊猟地』の見回り役を担う**御鳥見見習**が訪れる程度だ。

その『御休所』の直ぐ先を、宗次は眦を吊り上げて右へ折れた。

見えた。

駕籠舁き一人が斬られて仰向けに倒れていた。

横倒しとなった駕籠からは身形のよい女性が投げ出されて俯せになっており、それを守ろうとしてか質素な身形の小柄な侍が抜刀し、へっぴり腰で身構えている。駕籠舁きも、これもへっぴり腰で六尺棒を振り上げていた。

相手は目窓だけの覆面で顔を隠した、身形正しい侍が三人。三人とも抜刀していることから、何としても〝標的〟を殺らねばならぬのだろう。

「よくも相棒の清七を斬りやがったな、この野郎」

六尺棒を振り上げる駕籠舁きが、甲高い声で怒鳴ったが、声は途中で掠れていた。六尺棒は駕籠舁きが移動中の体の均衡を保つためには大切だが、不可欠のものと言う訳でもない。

「何をやっているかあ……」

宗次は怒鳴りつけて、小柄な侍と駕籠舁きの前へザザッと土埃を立てて回り込んだ。

覆面侍三人は申し合わせたような呼吸で二間ばかりを一気に下がったが、驚き一つしていない。

落ち着いて、宗次を睨みつけ、一人が穏やかにこう言った。

「役目でござる。おどき下され」

「役目という雰囲気にはとても見えぬな。おどろおどろしい殺気じゃ。お主ら、さては暗殺を命じられたな」

「………………」

三人の覆面侍の間に、ウッという小乱れが生じたのを宗次は見逃さなかった。

「申せ。誰に命じられた」

宗次は三人にぐいっと一歩詰め寄ったが、三人は微動だにしない。

と、駕籠から投げ出されていた女が、必死の調子で言った。泣き声だった。

「お救い下さいまし。何卒お救い下さいまし。私、大奥女中のお臑と申しまする」

「なにっ、大奥……」

宗次の目が険しく光った。大奥の女中を、身形正しい覆面侍三人がこのような森深くで襲うなど、只事ではない。

「大奥の女中と言うたが……間違いないな」

油断なく覆面侍三人を見据えながら、宗次はチリチリと微(かす)かに鞘(さや)を鳴らしながら抜刀した。それを見て刺客(しかく)の三人が、扇状(おうぎじょう)にサアッと広がった。人を襲うことに馴(な)れている動き、宗次にはそう見えた三人の動きだった。

「間違いございませぬ。大奥女中のお臑と申しまする。この森を出た灌漑沼(かんがいぬま)の畔(ほとり)に住みまする生家へ、宿下がりで戻る途中でございまする」

「灌漑沼の畔に?……判った。離れていなさい」

まさか『八百吉』の主人(あるじ)の、つまり吉平のひとり娘であるとは、気付いてもいない宗次であった。

「もう一度言う。役目でござる。お下がりあれ」

覆面侍のひとりが、語気を強めて言った。左端の覆面侍は既に宗次に向かってジリッと詰めつつあり、全身に満満と対決姿勢を漲(みなぎ)らせている。

「大奥女中を狙(ねら)うなど、お前さん方、幕閣の誰ぞに命じられたな。それとも**表**の老中に匹敵(ひってき)する大奥の権力者、御年寄の画策(かくさく)によるものか……どうだ、違うか?」

宗次は言葉静かに揺さぶりを掛けたが、相手三人は屹然(きつぜん)として全く動じない。胆(きも)が据わっている。

江戸城の本丸御殿(ほんまるごてん)が、『**表**』『**中奥**(なかおく)』『**大奥**』によって構成されていることは、改めて言うまでもない。『**表**』とは白書院を設けるなどで最高の格式を持たせた政所、つまり国家の中央政庁と言った見方でよいだろう。政治権力の空間、という言い方が許される。『**中奥**』には黒書院、御座の間、御休息の間などが設けられ征夷大将軍（上様）の**公・私**にかかわる空間と言えることから、首相官邸（公邸の機能をも持つ）という認識でどうだろうか。

『**大奥**』は、現代においても非常に多くの研究課題を有してはいる。が、この物語では『江戸幕府の後宮』という見方をしたい。将軍の妻（正室）および側室や幼子の居住空間であって、その広大な空間に大勢の大奥女中たちが厳しい規律に従って仕えている。この大奥女中たちに将軍の手が付いて子が生まれることがあることから、かつては女護島的な見方が強かった。

けれどもこの大奥女中たち、その身分、その立場で、重要な**幕府家臣的な役割**をも担っているのである。この点が重要だ。

「刻が経つとまずい。止む無し。皆殺しじゃ」

呻くような低い声で三人の内の一人が言った。大柄でがっちりとした体つきだ。そしてその低い呻き声は、単なる呟きではなく命令であった。

宗次は、お臑ら三人が充分に間を空けて下がったと見て、大刀を青眼（正眼とも）に身構えた。

相手三人も、青眼であった。

青眼の構えのままでは、お互い、相手が何流を心得ているのか判り難い。

双方無言のままの対峙の時が、静かに過ぎてゆく。

此処は、お鷹狩の森である。決闘などによって血で汚したことが公儀の耳に入れば只事では済まない。にもかかわらず、刺客三人の身構えは落ち着き払っていた。

（こ奴ら、公儀が放った刺客に相違ない……）

宗次はそう確信した。奴らの一人が口にした「役目でござる。おどき下され」が、それを物語っているとも言えた。

このときであった。森の中で烏がひときわ甲高く鳴いて、緑に染まる空気が、ひと震えした。

まるでそれを待ち構えていたかの如く、扇状に広がった三人の身構えが申し合わせたように変わった。一様に変わったのだ。

その構えは、右手にした刀を右脚の後ろへ隠すが如く引き、左脚を前に踏み出してくの字に曲げ、その左膝へ体重を乗せたものだった。

美しく決まった刺客三人のその身構えに、宗次の面貌に鋭く険が走った。

（柳生新陰流……三学円太刀）

宗次は思わず胸の内で呟いた。初太刀は別名、**一刀両断**とも称されている柳生流の最高剣である。

しかも微動もせぬ目の前の三人の構えを「印可状を得たる腕前……」と宗次は読んだ。いや、見破った、と言った方がいいのかも知れない。

柳生新陰流の兵法証書には**『目録』『印可状』『伝書』**の三種があって、**『目録』**は、**この分野まで修行し身構えや技を学んだ**、ことを証明するものである。学んだ、つまり学習証明だ。これに対して**『印可状』**は、目録で証されている修得事項（学習事項）を広く他人に指導できるまでに位を高めたと認める免状、を指している。これが世に言う『免許皆伝』という認識でよいだろう。

さらに**『伝書』**は、**『目録』**内容と**『印可状』**内容とを位高く統合した**戦法理論**（刀法理論）書と称することが許されるのではないだろうか。

宗次は、青眼の構えを微塵も揺らすことなく、熟っと待った。

相手にスキが生じるのを待っている訳ではない。スキなどを見せるような生半な相手ではないのだ。

宗次は、自分を待っているのであった。自分の身の内で、戦闘本能が炸裂するのを待っているのだ。

それは、一瞬のうちに訪れることを、彼は承知していた。針の先ほどの、ほんの一瞬のうちに……。

十五

宗次は青眼の構えを、いささかも変えなかった。柳生新陰流の『三学円太刀』の次には、雷鳴が怒濤の如く襲い掛かってくると読めていた。他流を学ぶことに厳格であった父にして師である梁伊対馬守だった。なかでも江戸柳生、尾張柳生を学び切る事について、とくに厳しかった。剣術・軍法の大家として知られた上泉（こういずみ、とも）伊勢守秀綱を原点とする新陰流には、あらゆる剣法の核となる主義思想が凝聚されている、というのが大剣聖梁伊対馬守の持論だった。

扇形に攻めの陣を張った右翼が、ジリッとした微動に踏み切った。

（来るか……）

と、宗次は息を止めて目を細め、静かに無想を求めた。

青眼の構えに、微塵の揺らぎもない。細めた双眼を集中させているのは〝敵〟ではなく己が刀の切っ先だった。そう、針の先のように〝鋭く小さく狭い一点〟に、彼の双眼は集中していた。その意味では、眼前に立つ柳生剣士三人の姿は、鮮明さを失ってぼやけている。だが、亡き父と真剣で積み重ねてきた『道場での暗闇稽古』『お鷹狩の森での深夜稽古』などによって、宗次は**第二の目**を驚異的な程に育んできた。

それは**聴覚**である。宗次の聴覚は、まさにあらゆる場において目に代わるものであった。

宗次の表情に、僅かに険が走った。今度は左翼の柳生剣士が、足の裏でジャリという瑣細な音を立てた。

と、青眼に構えていた宗次の剣がくるりと回転して、刃と峰が入れ替わった。

右翼の柳生が飛燕の如く、地を蹴った。計算したかのように左翼が一呼吸遅れ、大刀を腰撓めに矢と化して猛然と突っ込む。

宗次はなんと、ひらりと前に向かって飛び着地するや、寸陰を空けずして着地したままの姿勢で大きく後方へ飛翔した。まるでムササビだ。しかも一瞬のうちに生じて終わった宗次の変化である。

柳生の二人は、勢いつけて立ち向かってきた宗次が、次の瞬間後方遠くへ鮮やかに飛び退がったため、思わず小慌てとなった。

無理もない。あるべき位置に居た〝敵〟の姿が、その直後に消えていたのだから。

が、彼らの取り乱しは極めて小さく、立て直しも素早かった。

後方へ大きく飛翔した宗次が、次の構えを取らんとした時、柳生剣二本は眼前に迫っていた。

こういった場合、宗次は避けない。

左翼の柳生に向かって閃光の如く肉迫。

ガチン、バリンと凄まじい音を発して、彼我二本の剣が激突した。薄明るい原生林の中に青い火花が散る。宗次は左脚を相手の股間深くに踏み込ませた。そして全力で打った。渾身でまた打った。峰による眉間打ちだ。刃の損傷を防ぐための峰の連打だった。柳生剣が退がって受けた。鮮やかに受けた。さすが柳生剣。全く怯まない。これらが瞬きをするかしないか、一呼吸もせぬ間に、炸裂的な光景となって柳生を激しく撃っていた。目が眩む程に。

宗次の左脚が更に相手の股間深くに入る。柳生剣が、余りに間近に過ぎる宗次の鼻柱へ、剣の柄を打ち込んだ。が、これは拙策であった。敵に肉迫する以上、それくらいの事は読み切っている宗次である。

敵の柄を己が柄で卍絡めに抑え込んだ宗次が、間を置かず左拳を柳生剣士の右頬へ烈しく打ち込んだ。彼の揚真流・拳業は、厚瓦六、七枚を重ねたものを粉微塵とする。

中国少林寺の四天王と称された草想禅宗名誉僧正**雲円**（中国名、雲雷拳）と梁伊対馬守とは深い交流があって、宗次も長く師事してきたことは既に述べてある。今は亡き**雲円**の哲学は厳格で『**武は吹聴するべからず　而して用いるべからず**』にあって断固としてこの考えを譲らなかった。

その師**雲円**の教えに、いま背いた宗次である。

右の頬を潰された相手は、血の塊を口から吐き出し、呻きながら仰向けに沈んだ。白目を剝いている。

「おのれ……」

目の前で仲間が殪され、右翼の柳生剣が宗次の背後から斬り掛かった。激昂の余りであろう。が、これは剣士の作法に反する。

振り向きざま宗次の剣が、眉の上から下りてきた刃を、鍔で受け止めるや撥ね返した。

ギンッという鋼同士の鈍い衝撃音があって、柳生が思わず左目を瞑った。微かに損傷した刃の粒が、目に入ったのであろうか。間近に過ぎる乱撃戦は、これが怖い。

宗次は、すうっと柳生との間を空けるや、くの字にこちらへ突き出されている相手の膝頭を、切っ先の峰で打った。激打したつもりの無い宗次であったが、相手は「ぎぎっ……」と異様な呻き声を発してその場に蹲った。

宗次は戦意を失った敵は、斬らない。戦意を失わせた、という確信的な自信があるからこそ斬らないのだ。

残った刺客は堂堂たる体軀の柳生ひとり。

「これ迄と致さぬか。同志お二人は既に苦悶の中にある……」

宗次は残ったひとりに向かって、穏やかに告げた。刀は、だらりと下げたままだ。

が、相手は笑った。笑って一言も発しなかった。

宗次は更に続けた。

「名乗られよ。然らば、こちらも名乗ろう。どうだ、柳生剣殿」

柳生剣殿、と口から出した宗次であったが、相手は動じる様子もなく二歩前に進み出てから、手にしていた刀を鞘に納めた。

「ほう……なるほど」

頷いて宗次も右の手に下げていた刀を、鞘へと持っていった。

「お役目……と申されたのであったな。公儀の者か?」

どうせ答えはすまい、と思って問うた宗次であったが、相手は矢張り答えず、右手を刀の柄へと運びつつ腰を落とした。

居合か、と読んだ宗次は、自分も静かな動きで居合構えをとった。

時に漏れ聞こえる、深手を負った二人の柳生の呻き声。

体軀堂堂たる相手が宗次から見て左へと回り出した。つまり当人にとっては右回り。

居合抜刀にとって、右回り（当人にとっての）は決して『居合抜刀の有利』にはならない。しかしそれは、机上の剣法論であると、宗次は心得ている。剣の業も特徴も、その剣士その剣士によって違ってくる。が、宗次は、柳生新陰流の右回り居合抜刀の業については深く知らなかった。いや、知らなかったというよりは、余り聞いたことがない。

（若しやこ奴ら……正統な柳生新陰流の剣士たちだな……いや、それとも）

そう疑うことによって宗次の対決姿勢が思わず微かに緩んだ時、ブンという鈍い音がした。

宗次が闘いの本能を、〝微かな緩み〟から取り戻したとき、相手の脇差は目の前、それこそ目の前に迫っていた。

宗次の右足が土埃をザッと舞い上げて左回りの半円を描くや、居合抜刀した刀の切っ先が、鼻柱まで迫った〝敵〟の脇差を凄まじい勢いで叩き落とした。

この瞬間、勢い付いた宗次の姿勢も刀も当然下向き、つまり『**重力**』により地面の方へ強く引っ張られる。

それが柳生の狙いだった。

護りがガラ空きとなった宗次の前頭部へ、柳生剣の大上段が閃光の如く打ち下ろされた。まさに殺人剣。

が、大剣聖と称された父を打ち負かす程の宗次だ。

真剣勝負の際の宗次は、視野の内に入る如何なる微細な物をも見逃さない。そう厳しく鍛えられてきた。

宗次の前頭部へ烈剣を打ち下ろした柳生の腋が、防禦を失った。

その一瞬を、宗次の眼力が見逃す筈はない。

宗次の前頭部を柳生の烈剣が撃打。誰の目にもそう見えた筈の光景が、然し次の刹那、「があっ……」と獣のような呻きを発したのは柳生の方だった。宗次の大刀が相手の右腋に吸い付くように張り付いて、刃を捻り上げている。

其奴の肩から上は消え失せ、頭上高くで血玉を撒き散らし回転していた。

宗次が、すすうっ、と三、四歩を下がって大刀を鞘に納める。

その二人の間へ、柳生の肩から先の利(き)き腕が、ドスンと音立てて落下し二度弾(はず)んだ。

「うぐ……お前一体……何者……だ」

柳生は呻き呟(つぶや)くや、両膝を折って地に沈み、ゆっくりと前のめりに崩れた。

宗次は振り返った。

少し離れた杉の巨木の陰で、大奥(おおおく)女中のお臑(すね)、広敷下男(ひろしきげなん)の戸堺与之助(とさかいよのすけ)、そして無事だった駕籠(かご)舁きの二人が、小さく寄り集まって宗次を見ていた。四人にとっては初めて見る、恐ろしいばかりの真剣勝負の世界であった事だろう。

宗次は、歯をガチガチと噛(か)み震わせている、彼らの方へ近付いていった。

彼ら四人はお互いに縋(すが)り合うようにして固まっていたから宗次は、控え目にやわらかく微笑(ほほえ)んでやった。

「もう大丈夫だ。安心してよい」

「ほ、本当に大丈夫でございましょうか。まだ動いております」

お臑が駕籠舁きのひとりにしがみ付いて、血の現場を震える指で差した。

「心配ない。駕籠舁きの清七……と言ったか……これは助けてやれず残念であった」

「畜生め。長えこと一緒に仕事をしてきたのによう……なんでこんなひどい事に」

悔しそうに泣く二人の駕籠舁きに、宗次は黙って頷き、血の現場を睨みつけた。

このとき、森の左手方向から、大勢の人の気配が伝わってきた。

どうやら、こちらを目指して駆けつけてくるような感じだ。

果たして、その通りだった。

鍬、鎌、六尺棒、竹槍などを手にした二十人はいそうな百姓たちが血相を変えて現われたのだ。先頭には耕造の姿があった。

十六

翌朝、徳川宗徳こと浮世絵師宗次は、険しい表情で江戸城本丸・遠侍の玄関前に立ち、雲ひとつ無い青空を仰いだ。仕立て下ろしの半裃に、内には熨斗目を着け、腰には大小刀を帯びている。今や葵の家紋を染め抜いた着物を纏う立場であったから、遠侍や御書院大番所に詰める番士たちは、畏まって動けない。

それは庶民の人、宗次としては最も嫌いな光景ではあったのだが、今日明日の命知れぬ上様より『高位の辞令』を戴いている以上、已むを得ないと言う他なかった。

なにしろ従三位権大納言に叙任され、幕府副将軍を命ぜられたのだ。

既に城内にはその旨の触れは詳細に出回っている。

宗次がゆったりとした足取りで遠侍・玄関を潜り大刀を角帯から取ると、控えていた書院番士たちの内の一人が素早く歩み寄ってそれをうやうやしく受け取ろうと両手を差し出した。鞘には金色の葵の家紋が入った大刀である。下位の番士では、恐れ多くて受け取れない。おそらく遠侍・玄関を守衛する書院番組頭あたりであろう。将軍に近侍する場合が多い旗本・書院番は五番ある番組織の中でも大番に次いで『格』が高く『歴史』が古いことで知られており、番頭で五千石以上、その下の番組頭では六百石〜六千石と幅があった。平番士になるとさすがに三百石旗本あたりが中核となるが、それでも中には千石以上の旗本が混じっていたりする。とにかく直参旗本にとって書院番は、大番に次ぐ要職中の要職であった。

「いや、よい……静かがよい」

「はっ……」と、番士が滑るように下がった。

宗次は大刀を受け取ろうと両手を差し出したその書院番士にもう一度「静かにな」と短く告げると、大刀を右手にして遠侍・玄関を歩み出した。江戸幕府作事方大棟梁平内政信が慶長十三年（一六〇八）に出した木割書『匠明』で示した武家屋敷図では、『玄関を入ったところが遠侍。これの奥に色代（式台のこと）・広間などが接続する』とある。木割とは、建築・建造などにおける『**部材の寸法の割合**』を定めることを意味しており、秀れた**算学的才能**が必要となってくる。

穏やかな歩みで次第に離れてゆく宗次の背中を見守りながらも、書院番士たちの顔には不安の色がありありであった。本丸城中における大刀の所持、帯刀は原則禁止だからだ。この**原則**は**厳格**の意味に近かったのだが、現実には城中警備をする者には不可欠な装備であるため、**原則**となっていた。

「大丈夫だ、心配ない」

番組頭が硬い表情で頷き、番士たちの表情が漸くホッとなった。彼らから見れば、なにしろ従三位権大納言にして副将軍の宗次である。新出世の御立場とは申せ、桁違いに高い位の御方なのだ。下下の意識が強い宗次自身が、どう思っていようがである。

宗次の歩みは、まるで一定の法則に則っているかの如く、迷いがなかった。

先ず、遠侍から間近な『虎之間』の前を、ゆったりと行き過ぎた。書院番士の詰所であった。

仕切襖は開放されていたから、葵の家紋入りの大刀を右手の宗次に気付き、一同揃って姿勢正しく平伏した。

　宗次が頷きを小さく返す。

　次いで、長く延びる『蘇鉄之間』の前の廊下を抜けるかたちで『檜之間』に突き当たった。ここは仕切襖が閉じられていた。小十人番士の詰所である。

　宗次は静かに仕切襖を開けた。こちら向きに正座をして執務していた番士たちが、一呼吸も狂わせることなく一斉に頭を下げた。小十人組の日常の勤務は、四時間ごとの交替で、城中各所の勤番に当たる。

　これ迄に既に幾度も述べてきた通り、五番まである大番、書院番、小姓組番、小十人組、新番という**将軍親衛隊『五番勢力』**のうち、**老中支配下**にあるのは、**大番**だけである。**その他の番方勢力は若年寄支配下**にあって『将軍警護』を主任務とし、従って将軍が本丸の外、あるいは城の外へ出行する際は完全武装で警護の任に当たった。その任務が無い平時は、城中諸門ほか随所を交替で警備している。

　老中支配下にある大番は、江戸城西丸、二丸、および大坂城、京都二条城を警護するという大仕事を負っていた。約六千六百坪ある西丸殿舎は**大御所様の住居**である。また二万七千余坪の二丸は四代様つまり将軍家綱の**幼小児時代の住居**であったことから判る通り、**お世継ぎの御殿**であった。ほかに将軍家の寛ぎ処（別邸といった感じ）

としての性格をも併(あわ)せ持っていることから、警護を担う大番の責任は極めて大きかった。

ただ、西丸にしろ二丸にしろ、時代によって用いられ方は違ってくる。

宗次は、『紅葉之間(もみじのま)』に詰める小姓組番、『土圭之間(とけいのま)』（本丸のかなり奥）の新番を検(み)て回ったあと、ゆったりとした拵(こしら)えの**新番所前廊下**で踵(きびす)を返した。

何処(どこ)へ行くのかと思えば、向かった先は**松之廊下**(まつのろうか)にある『**御三家部屋**(ごさんけ)』だった。つまり尾張、紀州(きしゅう)、水戸(みと)の御三家の執務所（詰所）である。こう書けば容易(たやす)く聞こえるだろうが、本丸のかなり奥に位置する新番詰所から松之廊下へ行くのは、そう簡単ではない。広大な本丸は数え切れない程の大中小の部屋でびっしりと埋め尽くされている。しかも将軍の身の安全を考えて廊下は決して機能的には設計されておらず、また廊下の不充分さの一助となるべき**御入側**(おんいりがわ)も迷路拵えの如く入り乱れている。

それはともかく、宗次の歩みが『白書院(しろしょいん)』の帝鑑之間(ていかんのま)・御入側まで来て、ピタリと止まった。

彼は右手にあった大刀を左手に持ち替え、然(さ)り気(げ)なく辺りを見まわした。

何かを感じたのであろうか。

が、目つきはとくに険しさを見せている訳でもない。表情も穏やかである。

約三百畳もある『白書院』は将軍が、有力大名や勅使・院使など朝廷からの遣い等と、公式行事の一環として対面する場合に用いられる。

そのためもあって、小姓組番士が詰める『紅葉之間』は、『白書院』の御入側と向き合った位置にあった。小姓組番の番頭には、三千石前後の大身旗本が就いている。

この小姓組番所の至近には、小十人番所が控えていた。

両番を合わせれば七百名を超え、この数字は頼りとなる。もっとも、交替勤番であるため、若し『白書院』での公式行事中に変事が生じたなら、七百名全員が雪崩を打って『白書院』に突入するという訳でもない。

宗次は厳かに森閑と静まり返っている孰れの座敷にも納得したのか、小さく頷いて『白書院』の中庭に面した広縁へと入っていった。時代がかなり下ってからの事になるが、この日当たりよく明るく広広とした『白書院・広縁』においては、第十二代将軍（家慶）による上覧試合が催されて、柳生新陰流、小野派一刀流、心形刀流、新刀流など十四流派の錚錚たる剣士たちが集って打ち合うのだった。

宗次の歩みが、広縁の中ほど辺りで、再び止まった。左手側は日差しが燦燦と射し込んでいる広広とした中庭、右手側は大障子を閉ざした『白書院』である。上様は今、たとえ重要な公式行事の予定があったとしても、とても出られる御体調ではない。つまり『白書院』にはこの刻限、見回りの士とて立ち入っていない筈だ。

宗次は閉ざされている大障子へと近付いていった。金色の葵の家紋が入った大刀は、左手へ移ったままである。

宗次は右手を伸ばし、大障子に触れる寸前で中へ小声を掛けた。威圧感の無い穏やかな小声だった。

「誰ぞ、御出か」

それは副将軍としての、問い掛けであった。上様御体調宜しくない今、少なくとも本丸殿舎の平穏は副将軍として全力で護らねば……そう覚悟を決めている宗次であった。世の大大名の歴史を眺むれば、藩主の病臥により、息を殺して潜んでいた恐ろしい魑魅魍魎が動き出した例が数え切れぬほどある。

大障子の向こうから返事が無いので、宗次は「開けますぞ、お宜しいな」と声を掛けてから静かに大障子を引いた。

思いがけない者が平伏して、宗次を待っていた。ひと目で茶坊主と判る。

「此処は白書院ぞ。何を致しておる」

「…………」

「面を上げよ。顔を見せなさい。私は将軍の代理の任に当たる徳川宗徳じゃ」

宗次は、出来れば余り使いたくない名と地位を、口にした。

相手は一層のこと体を硬くして平伏の様子を示したあと、恐る恐る面を上げた。二十歳を出たあたりかと思える、年若い茶坊主であった。その整った善良そうな容姿から怪し気な奴ではないと宗次には直ぐに判った。

「名は？」

「は、はい。御用部屋坊主の春阿弥と申しまする」

「春阿弥と申すか。御用部屋にあって老中、若年寄の身のまわりの御世話を担う茶坊主が、此処で一体何を致しておる。この白書院は将軍家が重要なお勤めに当たる、最高格式の大座敷ぞ」

「も、申し上げまする……」

御用部屋坊主・春阿弥はそこで少し言葉を詰まらせ軽く咳き込んだ。

「慌てずともよい。落ち着いて話しなさい」

「御老中堀田備中守正俊様の御指示により、一刻半ほど前より此処に詰めてございます」

「なに、備中守様の御指示でか……」

宗次のよく知る堀田備中守であったから、副将軍の地位に就いてはいたが、**備中守**

様、御指示、と言葉表現を敬（うやま）った。

「さては春阿弥。上様の御体調を素早く御三家部屋へ伝える目的でもって、目立たぬよう此処で待機致しておるのだな」

　御三家部屋は『白書院』からは、目と鼻の先だ。

　春阿弥が答えた。

「左様にございます。いま御用部屋に控えておりまする茶坊主が、上様の御体調次第では御老中の御指示を受け、此処に待機しております私に急ぎ知らせに参ることに……」

「うむ。で、今朝の上様の御体調は如何（いかが）であったのじゃ。この徳川宗徳は、あまり硬い表情で上様のお傍（そば）に参るのはかえってよくない、と判断し敢（あ）えて御見舞を控えておるのだが」

「今朝の上様の御体調は幾分落ち着いておられるらしい、と上席の者より告げられてございます」

「そうか……」

「御老中がた、若年寄がたも、余り緊張した表情で上様のお傍（そば）に侍（はべ）るのはよくないとの御判断で、御用部屋にて熟（じ）っと待機していらっしゃいます」

「よう判った。それから大障子は二、三枚ほど開け、日を差し込ませて明るくしなさい。隠れるようにして控えているよりも、その方がよい」

「は、はい。畏まりましてございます。有り難うございまする」

宗次は頷きを見せて、『白書院』から離れた。その表情は曇っていた。

（上様……いよいよ、か）

ぽつりと呟いてひと足休め、溜息を吐いた宗次だった。広い中庭に降り注ぐ眩しい程の明りが彼の全身を包んでいた。

広縁からの西詰にある『桜溜』に入った宗次の歩みが、滑るようにして足音なく南方向へと向きを変え、松之廊下に入った。板床ではなく、畳敷きの大廊下である。

静まり返り、人の姿は無い。

『御三家部屋』は幾らも進まない右手側、手が届きそうな位置に、既に見えていた。

宗次は御三家の一位、尾張家の部屋の前で立ち止まり、小声で名を告げた。丁寧な口調だ。

内側から大障子がゆっくりとした感じで開けられた。直ぐの其処は控え座敷になっている。

その座敷の奥まった所に眼光鋭い武士が三人、大刀を左側に侍らせてこちら向きに姿勢正しく正座をしていた。表情だけは穏やかな彼ら三人の背後の襖は、固く閉ざされている。誰の訪れがあっても開けない、という烈しい雰囲気が迸っていた。

大障子を開けた武士は既に宗次の足許、左手に平伏している。が、この者も大刀を左側に置いていた。

宗次は一言も発せず、眼光鋭い正面の三人を熟っと見据えた。相手も無言。が、この間はさほど長くはなかった。

彼ら三人はまるで申し合わせたように、見事な程に揃って平伏したのである。と、いうことは、宗次を副将軍として認識しておきながら、短い間ではあったが傲然たる態度を静かに漲らせていた事になる。

宗次が、フンと鼻先で笑った。わざとであった。

三人の武士の内のひとり、三十半ばくらいかと思われる右端の武士が、面を上げた。

眼光を一瞬ギラリとさせたその武士に向かって、宗次が口を開いた。

「此処は殿中じゃ、尾張**柳生**殿。殿中で新陰流の剣を振るってはならぬぞ。これは頼みではない。副将軍としての命令じゃ。よいな……どうしても刃を振り上げたくなったなら、覚悟してこの私に向かって参れ」

流れるように物静かな宗次の口調であった。抑圧的な響きは微塵も無い。けれども三十半ばくらいと思われるその武士は、「はっ……」とばかり再び平伏した。勢いをつけての平伏だった。俗によく言われる、圧倒的な貫禄差だ。

踵をくるりと返した宗次は、尾張家の部屋を後にした。なんと四人の尾張家家臣は、表廊下にまで姿を現わすと、さすがに平伏こそしなかったが、丁寧に頭を下げて腰を折り、うやうやしく宗次を見送った。

宗次は、大奥女中——であった——お臑を襲った刺客を、尾張柳生の者と読んだのか？　若しそうなら、どういった点を捉えてのことなのか。

それは孰れ判ってこよう……。

『白書院』の開けられた大障子の間から、御三家部屋の方、つまり宗次の方を見ていた御用部屋の茶坊主・春阿弥が、額を畳に触れる程に平伏した。

が、その平伏は直ぐに解かれ、春阿弥が後ろを振り返った。

春阿弥のその視線の先には、『黒書院』や中奥方向への長い廊下がある。

誰かがその廊下を伝って、『白書院』の奥——宗次から見て——から入ってきたのだろう。

春阿弥が機敏に腰を上げ、『白書院』から飛び出してきたため、宗次も歩みを速めて自分から春阿弥に近付いていった。

「どうした。落ち着いて声低く話すがよい」

「上様のお息が……お息が……」

「判った。取り乱してはならぬ。騒いでも致し方のないことじゃ。いま、尾張家の座敷前にいる四人の者に、その旨を伝え、紀州・水戸家への伝言を頼みなさい」

「は、はい……」

「下腹に力を入れ、落ち着いてじゃ。よいな」

「はい」

　宗次は春阿弥の脇をするりと擦(す)り抜け、硬い表情で中奥へと足を速めた。どの御用部屋も、重大な事態が訪れたことを知ってか知らずか、静まり返っていた。咳(しわぶき)ひとつ漏(も)れ伝わってこない。もっとも、各座敷（御用部屋・詰所）の襖や障子は、秀(すぐ)れた職人たちがその点を充分以上に考慮して拵えているのだ。ちょっとの手抜きもなく。

（広すぎるな、この本丸殿舎というのは。万が一の場合、この広さが取り返しのつかぬ災(わざわ)いとなりかねぬわ）

　そう思って宗次が珍しく舌打ちをした。

『御座之間(ござのま)』の手前、**御成廊下(おなりろうか)**まで来て、宗次の歩みが不意に止まった。直ぐ右手の奥右筆の座敷（詰所）から、左近衛少将・大老酒井雅楽頭忠清が現われたのだ。御成廊下の直前までが本丸表。御成廊下の入口から向こうが中奥だ。いわゆる将軍の『日常生活区域』を主体としている。

宗次が大老酒井に軽く黙礼すると、酒井も返した。冷ややかな表情であった。

宗次は酒井の背後に控えている四十前後の人物、奥右筆組頭の綿部市矢斎をやわらかな眼差しで眺めた。

綿部は表情を硬くさせ、宗次に対し深深と腰を折った。

「上様のお体のこと、お耳に入っておりましょうな、お急ぎ下され」

宗次は声を抑えて大老酒井を促し、御成廊下に入っていった。足早だ。

大老酒井が苦虫を嚙み潰したような顔つきで、宗次の後に続いた。そして肩を並べる。

前を向いたまま、宗次は訊ねた。

「恐れ多いことですが、お聞かせ下され。奥右筆組頭と、どのようなお話をなされていたのですか」

「そのようなこと、其方に打ち明ける必要はない」

「御大老の地位にあられる酒井様の動静には、関心を払わねばなりませぬ。お許し下されれ」

「思い上がり？……今の私は上様より直直に既に命ぜられておる従三位権大納言にして副将軍の立場にございます。その立場がお訊ねしているのだと、お思い下さい」

共に前を向き声を抑えた二人の遣り取りであった。静かな火花が散っていた。三十歳の若さで老中に就いた（承応二年・一六五三）事を誇りとする大老酒井にしてみれば、幕閣において最高に血すじ正しい名家中の名家、という譲れぬ自負がある。確かに酒井雅楽頭家の家格は『幕府儀礼』を司る役目において、抜きん出た特性を有していると言えた。

幕府・殿中における典礼を司る役職として、譜代大名の中から選ばれた者が就く『**奏者番**』と称する重職がある。この重職『奏者番』を、幕府儀礼を統括するという極めて位高い位置から検ているのが酒井雅楽頭家であった。『奏者番』の指導者・手本となるべき秀れた能力および重責に耐えうる人格・感性・度量・機転などが不可欠とされ、酒井雅楽頭家はこれを伝統的に遣り熟してきた。

まさに名家中の名家であった。

が、しかし今、大老酒井の足許は、烈しく揺らいでいた。『四代様の死』の後に、京から有栖川宮幸仁親王を招聘して新将軍に据えようと水面下で企てていたことが、発覚したからだ。

この発覚は、名門酒井雅楽頭家にとって、申し開きの出来ぬ激震級の痛手だった。

十七

上様の病床は、日常の寝所となっている『御休息之間』の上段であった。上段は二十四畳敷きであったが、上様の寝床が調えられている部分は、畳の上に更に上畳を敷いて、一段高くなっている。いつもなら当番の小姓が、この上段の間の東側片隅に小布団を敷いて眠るのであった（**実際は不眠不休**）が、いま『御休息之間』に詰めているのは、医師と閣老（老中の異称）たちだけであり、側室**円明院**の姿はなかった。愛していた家綱の永眠と共に、尼となる女性である。

正室**高巌院**（顕子）は、子を儲ける事なく三十七歳の若さで、既に四年前に逝っている。

宗次と大老酒井が揃って『御休息之間』に入ると、音なきざわめきが生じて上様の病床の至近にいた医師二名が、機転を利かせてか席を離れた。

その席に深刻な表情で座した宗次と大老酒井は思わず、「え?……」という表情で顔を見合わせた。

上様は弱弱しくではあったが、昏睡に陥っていながらも呼吸をなされているではないか。いや、弱弱しくというよりは、微かにといった方が当たっている。

上様を間に置くかたちで、大老酒井と向き合っていた奥医師三人の内の一人が、酒井に向かって囁いた。

「呼吸が止まったり、蘇ったりと……ですが、もう……」

大老酒井が軽く手を上げ、「そこまででよい……」という表情で頷いてみせた。将軍家に長く忠誠を尽くしてきた酒井雅楽頭家ではある。さすがに大老酒井の目は、潤んでいた。上様いよいよ、という目の前の状況で、弱気に襲われているのであろうか。

宗次は家綱に、そっと顔を近付けた。

「上様、ただいま御大老酒井様と、徳川宗徳がお傍に控えて居りまするぞ」

宗次は、大老酒井の名を、はっきりとした口調で先に告げた。

このとき大老酒井の頬を、ひと粒の小さな涙が伝い落ちた。はらりと……。

上様の様子に変化はなかった。呼吸は微かにであり覚醒は難しい様子であった。

このとき宗次の視野の端に、ひとりの人物が映った。

『御休息之間』の南側——中庭に面している——御入側の大襖障子二枚が、新鮮な空気の出入りを配慮した奥医師の考えで、いま開け放たれている。

宗次の視野に入った人物は、中庭を背にして広縁に座りはしたが、宗次に向けて視線を集中させていた。宗次はその〝視線の気配〟に気付かされたのだ。

双方の視線が、奥医師や閣老たちの間を擦り抜けるようにして出会った。

相手の目が、小さな頷きを一瞬見せた。剣を心得る者の〝武の頷き〟と称するものだった。

その一瞬の小さな目の頷きを見せたのは、老中支配下に在（あ）る大目付（おおめつけ）**彦坂壱岐守重治**（ひこさかいきのかみしげはる）であった。もと大坂町奉行（まちぶぎょう）で、小野派一刀流をよく心得る〝武の者〟として閣老たちの間ではよく知られている。

大目付は、大名および閣老から旗本までを監察下に置いて厳しく正・邪を糾弾（きゅうだん）する現下の**警察庁長官**に相当する重職として寛永（かんえい）九年（一六三二）十二月に設けられた。当初は**総目付**（そうめつけ）と称し、**柳生但馬守宗矩**（たじまのかみむねのり）、**秋山修理亮正重**（あきやましゅりのすけまさしげ）、**水野河内守守信**（みずのかわちのかみもりのぶ）、**井上筑後守政重**（いのうえちくごのかみまさしげ）ら錚錚（そうそう）たる四人を初代（初任）とした。いずれも将軍家近侍小姓格・兵法師範（柳生）、目付筆頭格（秋山、井上）、堺奉行（さかいぶぎょう）（水野）などの要職にあった辣腕（らつわん）人材たちである。とりわけ柳生但馬守宗矩の眼力を、諸大名たちは恐れたと伝わる。

「少し失礼致します」

宗次は、すっかり肩を落とし落胆の様子深い大老酒井に、そっと耳打ちして静かに腰を上げた。

広縁に座していた大目付彦坂壱岐守も、それに合わせるようにして立ち上がり、すうっと下がって姿を消した。

宗次が御入側から広縁に出ると、直ぐの左手、萩之廊下に彼は控えており、副将軍宗徳に向けて深深と腰を折った。

宗次は本丸殿中で、まだ三、四度ばかり擦れ違うか立ち話をしただけに過ぎない彦坂壱岐守に近付いていった。

「何ぞござったか、壱岐殿」

「実は湯島三丁目の柴野南州先生より……」

「ほう、壱岐殿は南州先生を存じておられたか」

壱岐守が囁き終えるのを待たずに、宗次は小声で口を挟んだ。

「はい。子らが流行病で苦しんだ時に、助けて戴きました。大恩人でございます」

「む、なるほど……そうであったか」

「その南州先生よりオランダ商館長付き医官、アリシア・デ・ウトレーラに関しての依頼を、受けてござりました」

「お、その事とな。で？……」

　宗次の表情がサッと硬くなり、目に険しさが走った。

「南州先生のお話では、天下一の浮世絵師宗次先生を……あ、南州先生はそのように表現なされましたので御容赦下さい」

「いや、構いませぬよ。むしろ、その方が窮屈でなくてよい」

「南州先生は、天下一の浮世絵師宗次先生を治療なされたアリシア・デ・ウトレーラ先生が単独で長崎へ戻られたので、その道道の安全を何とかならぬか、と申されまして……」

「私も単独で長崎へ向かった彼女を心配していたのじゃ。なにしろ南州先生さえ手に負えなかった私の鉄砲傷を、鮮やかに治療してくれましたのでな」

「なんと……鉄砲で撃たれたのでありますか」

　大目付の表情が、一気に険しくなった。お役目の目つきだ。

「あ、こりゃ、うっかりと口を滑らせてしもうた。壱岐殿、今のは此処だけの内緒話じゃ。今のところ殿中の誰彼に知られておらぬ事ゆえ、二人だけの内緒話にして下され。宜しいな」

「二人だけの……」

「そう。壱岐殿は私の体が負った秘密を一つ把握なされた。大目付として軽軽に漏らしてはならぬ二人だけの秘密じゃ。確(しつか)りと申し渡しましたぞ」

宗次の目が、穏やかなやさしい表情の中で、ギラリと光った。

「畏(かしこ)まりました」

大目付は思わず圧(あつ)されて息を飲み、大きく頷いてみせた。

「それで壱岐殿は、アリシア先生の旅に、何か手を打って下されましたか」

「ここでは誰の耳に入るか知れませぬ。場所を変えた方が無難でござります」

「うむ……」

壱岐守は**萩之廊下**の東端直ぐの所に接するかたちで在る、もと『御茶所(おちやどころ)』で今は使われていない空き部屋へと、宗次を案内した。

「此処ですと、襖障子を細目に開けておけば、中庭ごしに『御休息之間』の様子が窺(うかが)えますゆえ宜しいのではと」

二人は中庭を西側に見て、向き合った。

壱岐守がひと膝乗り出し気味に、小声で言った。

「南州先生よりアリシア先生の件について依頼されました首席大目付の私は、配下の**宗門御改加役人別帳御改**(しゅうもんおあらためかやくにんべつちょうおあらため)の役にある手練(てだれ)の同心(どうしん)二人を、アリシア先生の後を追わせるようにして騎馬(きば)にて江戸を発(た)たせました」

「なぜにまた**宗門御改加役人別帳御改**の同心(もの)を？……」

「信仰心という**特殊な感情の弱点**につけ込んで、一定方向に向け『**諸大名などを政治的に洗脳**』を致し集団化（組織化）する。これには幕府として絶対に気を許す訳には参りませぬ。いつ何時、**反国家的過激組織**となって**この日本を他国へ売り渡す**事になるやも知れませせぬゆえ……大目付配下の**宗門御改加役人別帳御改**はそれを阻止(そし)するためのお役目を担っておりまする。それゆえ、アリシア先生を追う道道で、担っておるお役目の責任を忘れぬように致せ、と厳しく命じておきました」

「壱岐殿は、アリシア先生が長崎へ帰る道道において、**反日的な手法を用い**『**邪(よこし)ま宗教**』の布教でもやるのでは、と案じておられるのか」

「実を申し上げますると、アリシア先生の身状(みじょう)に関しましては、アルベルト・ブレフィンク・オランダ商館長と共に江戸へ来られる迄の間に、調べを既に終えておりまする」

「それで？……」

「アリシア先生には、布教に走る心配などはございませぬ。確信できている、と申し上げても宜しゅうございましょう。しかし大目付の仕事と申しまするのは万全を期することを鉄則と致しておりまする。それゆえ……」

「判った。騎馬で江戸を発った手練の同心二名は、アリシア先生に追い付き、接触できたのでありましょうな」

「それが……」

ここで壱岐守の表情が深く曇ったかと思うと、座っていた位置から下がって両手をつき頭を下げた。

「申し訳ございませぬ、念流目録（ねんりゅうもくろく）の同心両名は小田原宿（おだわらしゅく）にて夕方近くアリシア先生に追いつき、旅のこれからについて打ち合わせが出来ましたなれど、翌早朝に三人揃って宿を出、千度小路（せんどこうじ）を抜けて左手に広がる竹林に差し掛かったとき突如、十名余の覆面の者どもが現われ……」

「なにっ」

宗次の顔色がサッと変わった。

平伏を解いた壱岐守が、まっすぐに宗次の目を見て、早口な小声で告げた。

「アリシア先生を守ろうとする同心両名と、覆面たちとの間で激しい闘いとなり、同心一名が斬殺され、もう一名は深手を負って騎馬にて我が屋敷まで戻っては来ましたが、その日の内に息絶えましてございまする。多くを語らぬまま……」

「アリシア先生は？」

「我が屋敷まで息絶え絶えで戻って来た同心の話では、アリシア先生は其奴らに拉致されたと……」

「アリシア先生は西洋剣法のかなりの遣い手だ……簡単に拉致されるような御人ではない」

「えっ、西洋剣法の達人でございますか。それは存じませんでした。戻ってきた同心の話では、アリシア先生は荷物の殆どを後送の便に託したらしく、いたって身軽な出で立ちであったと言い残しましてございまする。若し西洋の剣を手にして不埒集団と闘っていたならば、そのように言い残したものと……」

「これは捨ておけぬ。下手をすれば、日本はオランダと戦火を交えることになりかねない。海軍力が無きに等しい我が国はとても敵わないが」

「この大目付彦坂の見通しが甘かったのでございまする。全て私の責任でございまする。ご命じ下さればいつでも腹を……」

「これ、馬鹿な事を口にしなさるな。腹を切るとか切らないとかの時代ではないわ。

アリシア先生が拉致されたことは、密かに素早く動いて解決せねばならぬ。私が動こう……」

「な、何を申されまする。従三位権大納言にして副将軍という高い地位に在らせられる御方が自ら危うい中へ飛び込まれるような事があってはなりませぬ。ここは首席大目付の私自らが動きまする」

「いや、私が動く。日本とオランダのためじゃ。壱岐殿には留守を確りと頼みたい。上様にもしもの事が生じたる場合は、大目付とその配下が総力をあげて動揺する閣老たちを強固に補佐して差し上げてくれ」

「そ、そこまで仰せでございましたら……畏まりました。確かに承りました」

「それにもう一点、追加したき事がある」

「もう一点？……」

「奥右筆組頭の綿部市矢斎に然り気なく注意を払って戴きたいのだ」

「え、綿部市矢斎に何ぞございましたか」

「大老酒井殿と何ぞ密談があったような気配が窺えるのだ。これが当たり前の旗本相手なら私のカンは働かぬが、奥右筆は幕府の機密情報を知る立場にある。それゆえじゃ」

「頷けましてございます。ご安心下さい」

「綿部市矢斎がどのような人物なのか、私はよくは知らぬ。信頼できる男か？」

「は、はあ……」

「どうした？……何ぞ問題点のある人物なのか？」

「あくまで噂ですが、閣老や大奥の上位の御女中と組んでの**裏金**づくりが実に巧妙……だとか」

「なにっ……**裏金**とな。それは**政治活動費**とは言えぬ、**邪**（よこし）**まなカネ**としての**裏金**だな」

「はい。大目付、目付すじの士（もの）は、政治活動費ではなく、一字違いの**性事活動費**であろう、と厳しい目で見ております」

表情を硬くした宗次は一瞬であったが目をギラリとさせ、「おのれ、**国家的裏切者**であったか……こいつあ、税を納める下下（しもじも）の人人の怒りを、爆発させることになりかねんぞ」と呟いてゆっくりと腰を上げた。

十八

江戸城を出た宗次は、人目を忍ぶようにして裏小路から裏小路へと選び歩いて、神田の**八軒長屋**(はつけんながや)へと急いだ。

長屋へ戻るのは、実に久し振りだったが、今の自分は迂闊(うかつ)に長屋へは近付けない、と心得ている。女性教育塾『井華塾』の大爆発という予期せざる惨事があったのだ。そして銃撃を受けた、己(おの)れの体。

自分が八軒長屋へ戻ることで、どのような災厄(さいやく)が長屋に降り掛かるか知れない、と恐れる必要のある宗次だった。

宗次の足は漸(ようや)く、八軒長屋の程近くにある**五歳稲荷**(ごさいいなり)の境内(けいだい)に踏み入った。

稲荷にしては、かなり境内が広い。

五歳になった孫が祖父母またはその孰(いず)れかに連れられて御参りすると、男の子は大商人に、女の子は大店(おおだな)の嫁になれる、と古くから伝わる由緒(ゆいしょ)ある稲荷だった。

宗次は稲荷の境内の竹籔(たけやぶ)に潜(ひそ)み立って、表通りの向こうの古着の『着替屋(きがえや)』を眺めた。

宗次がよく知る、大きな古着屋だった。亭主を病で亡くした米子が、五十を過ぎた体に鞭打って、立派に営みを成り立たせている店だ。

宗次は表通りを往き来する人の姿が途切れるのを待って、表通りを横切り古着屋へ入っていった。

幾人かの女客の姿があった。

店構えをよく承知している宗次は、店土間を直ぐ左手へと進んだ。土間の右手は女性の着物専用で**平置き**及び**吊り並べ**で売っており、その整然とした様は古着屋と言うよりは、呉服屋の感があった。

それに比し、男物は**吊り並べ**が多く、五列にもなっていて、宗次は目立つのを避ける目的もあって、その五列の中に紛れ込んだ。

けれども待つ程もなく苦労人の店主・米子がにこやかに宗次の傍へやって来た。宗次の改まった二本差しの身形を見ても、にこやかな表情には然程の驚きを見せない。

それもそのはず。苦労人の米子は、宗次が「母さん……」と呼んで已まない八軒長屋の屋根葺職人の女房チヨとは大変気が合う仲だった。魚河岸の店売り場（小売り店）などへは、よく一緒に買い物に出掛けている。チヨは決して口軽な女ではなかったが、それでも長く付き合ってきた米子には、チヨの言葉の端端をつなぎ合わせると、宗次が単に天下一の絵師ではないとんでもない立場の人、とうっすら判ってくるのだった。

「やあ、お米さん、久し振りだね」

米子のことを、お米さん、と親しみを込めて呼んできた宗次だった。

「ほんに宗次先生お久し振りだこと。世の中いろいろと騒がしくって嫌だあねえ」

米子が真顔になって言ったあと、また直ぐにこやかな表情に戻った。『井華塾』の爆発炎上のことを言っているのかな、と思った宗次ではあったが、用心して曖昧な笑みをチラリと見せるに止めた。

「それはそうとチヨさん、元気にしてるのかねえ先生……」

「あれ、お米さん。チヨ母さんとは暫く会っていないのかえ」

「うん、ここんとこ暫くねえ。もっとも私の方が別店を出す手配りなんぞで忙しくしていたんだけどさ」

「え、お米さん。『着替屋』の別店を出すってえの？」

「亡くなった亭主が見守ってくれているからかねえ。いい商売が出来ていて、小僧を二人置いたこの店だけでは客の望みに応じ切れなくなってきたのさ。で、浅草にもう一店と思ってね」

「そりゃあ大したものだ。お米さんは女の細腕一本で身を粉にして働き続けてきたものなあ」

「やるべき仕事が目の前にあるのなら、時間を惜しまずに全知全能で立ち向かって結果を出していく。これには男も女もないわよ宗次先生。さぼっていたり、迷っていたりすると仕事の方から逃げていくからねえ」

「そうなっては、取り返しがつかない……人生を失ってしまう事になりかねねえ」

「そう言うことさ宗次先生。で、先生、今日は何ぞ用があって『着替屋』へ？」

「実は小綺麗でもなく薄汚れてもいない浪人の身形をと思ってね……理由は訊かねえで貰いてえんだが」

「宗次先生と話を交わす時は、あれこれ穿り返してはいけない、とチヨさんから強く言われて承知していますよ。その浪人の身形ってのは、日常生活のぶらぶらした場で用いるもの？……それとも、ちょいと遠くへ出掛けるとかで必要な？」

「ちょいと遠くへ出掛けるってえので頼みたいなあ……それと風呂敷を一枚な」

「判りましたよ。じゃあ『着替屋』の勝手知ったる宗次先生だ。居間に上がって少し待っていて下さいましな。ご存知の亭主手作りの長火鉢の炭火の上には鉄瓶が載っているし、猫板には菓子折りが置いてあるから、適当にやっていておくんなさい」

「うん、わかった」

宗次は吊り並べの着物の中から出て、目の前の板間へ上がり、廊下伝いに奥の居間へと向かった。とは言っても、板間と廊下とを仕切っている長暖簾を潜れば目と鼻の先だ。

宗次がその居間で四半刻と待たぬ内に、浪人に似合った着物を二揃えばかり調えて、お米が現われた。

「どちらが好みですかねえ先生……」

「こちらがいい」

「じゃあ着替えをお手伝い致しましょう」

「大丈夫。自分で出来らあな」

「ちょいと遠くへ出掛けるのでしょう。肉感的な妖しい芸妓が手伝うってんじゃないんですから、ま、この婆さんに任せなさいよ。さ、お刀を腰からお取りなすって」

「う、うむ……そうか。すまぬな」

宗次は、あたたかな世話焼きで知られた八軒長屋のチヨの顔を思い出し、胸の内でひとり苦笑いを漏らしながら、腰の刀をお米の手に預けた。

お米の手伝いは、鮮やかでてきぱきとしたものだった。古着屋という商売柄おそらく誰彼の着替えを手伝った経験が豊かなのであろう。

「驚いたな。アッと言う間だ」

「先生、年寄りは尊敬しなければいけませんよ。尻の蒼い若い者なんぞとは比較にならぬ程の経験・苦労を積んで生きて来たのでござんすから」

「ははっ……そうだな。その通りだ、うん」

「着替えたお着物はどうなさいます？　立派な家紋が入っている上物だし、古着として扱うのは御勘弁を、と願いたいのですけれど」

綺麗に折り畳んだ家紋入りの着物と、宗次の顔とを見比べて、お米が言った。

「風呂敷で包んで暫く『着替屋』で預かって貰えぬかな。八軒長屋のチヨさんが店に来るような事があれば理由を話して手渡して貰ってもいい」

「よござんす。では、この婆さんが預かっておきましょうかね。今から先生、ちょいと遠くへ、どこかへ直ぐに御出掛けかね。なんなら握り弁当くらいは、拵えてあげられますよ」

「いや、有り難う。お米さんの、その優しさだけ貰っておくよ。が、もう一つ頼まれてくれ。店の裏口へ駕籠を一挺、呼んで貰いてえんだ」

「お安い御用さね。いま店の小僧を走らせますから」

「すまねえ」

「なに言ってんの。実のお祖母ちゃんにでも頼んだ積もりでいなさいよ」

お米は笑って座敷から出ていった。

宗次は思わず天井を仰いで溜息を吐いた。お米の好意をつくづく有難いと思い、そしてまた八軒長屋のチヨとよく似た性格だ、とも気付いた。

チヨの幼い二人の娘たちのことも気になっていた。二人とも利発な子で、とくに長女の花子は『井華塾』へ通い出してこれから……という時に塾が爆発炎上してしまった。

これからあの子たちが学んでいく場を何とかしてやらねば、と内心焦りを覚えている宗次だった。

出来ればその件で、具体的に行動を起こしてみたいと考えてもいた。しかし己が命を高度な外科医術で救ってくれたオランダ商館長付きの女医アリシア・デ・ウトレーラの難儀を見て見ぬ振りは出来ない。

「遅いな。何をしておる」

宗次は呟いた。駕籠の手配りを店の小僧へ命じに行ったお米が、なかなか戻ってこない。

「何ぞまた世話の一つや二つ、焼いてくれる積もりじゃねえだろうな」

ぶつぶつ漏らしながら宗次は、折り畳まれた家紋入りの着物の傍に横たわっている大小刀を手に取り、腰へ差し通した。

そこへお米がいそいそと笑顔で、中に何が入っているのか麻編みと判る真新しい手提げを手に、漸く戻ってきた。

「さ、さ、先生。今から江戸を発つと小腹の空く時間が直ぐにやってきますからね。握り飯を竹皮で包んで、弁当を拵えて差し上げましたよ」

「これはまた、すまねえなあ。いや、恩に着る……」

「何を他人行儀な。実のお祖母ちゃんと思いなさい、と先程言いましたでしょうに」

「判ったよ、お祖母ちゃん……甘えるよ」

と、宗次は少し照れながら、握り飯弁当を受け取った。

「あら、ちょいと気分のいいこと。ほほっ……」

「ははっ……俺もな」

「俺、という言葉、お人柄には似合うてはいないけど、このお米が選んだ浪人身形には似合っていますよ」

お米がやわらかく相好を崩して言ったとき、裏口の方で二、三人の人声がして、格子戸を開ける軋んだ音がした。

「駕籠が来たようだな、お米さん」

「来ましたね。然り気なく駕籠に乗って江戸を離れたいのなら、見送りは無い方がいいね」

「その方が有り難いな……」

「じゃあ先生、ここでお別れです……気を付けて行ってらっしゃい」

宗次は頷いて座敷を出、店土間とは逆の方へ足を急がせた。女医アリシアの端整な顔が脳裏に浮かんでいた。

長目の廊下を端まで進んで宗次は振り向いた。心配そうに見送るお米が丁寧に御辞儀をした。

十九

宗次は品川宿に入ったところで駕籠を下り、駕籠賃にいささかの酒代を加えて支払い、帰らせた。日は既に落ち、**東海道の出入口は日本橋ではなく品川宿**、と土地の者が自負する品川宿は昼とは姿を変え、夜の賑わいに入っていた。上方からの旅人たちにとっての品川宿は、「やっとこ江戸に着いたわい……」を感じさせる旅最終の宿であった。参勤交代の大名たちにとっても然りである。したがって宿は栄え、旅籠、茶屋、呑み屋、飯屋、色所の数は増え、遊女・飯盛女の数もどれくらい居るのか判らぬ程に増えに増えたものである。

宗次は品川宿に入って直ぐの『お旅さん』と呼ばれている小さな神社に、旅の安全を祈って御参りすると、神社と向き合って在る割に大きな『うどん そばの店』に入って、竹皮でくるんだお米の握り飯弁当を小上がりの席で開いた。玉子焼と大根の漬物と梅干の弁当は、あつあつの饂飩によく合った。

「うまい……」

と目を細めて食しながら宗次は、「実のお祖母ちゃんかあ……」と別れたばかりのお米の顔を妙に懐かしく思い出した。

宗次は、夕餉のあとの行き先を、『着替屋』を発った時から決めていた。品川宿に入ったなら、是非にも立ち寄って協力を仰がねばならぬ相手だった。

「ここへ置いておくよ。すまねえが竹皮も片付けておくれ」

小腹を確りと落ち着かせた宗次は小銭を少し多目にチャラと鳴らして、框に置いた。

「はあい、判りましたあ。ありがとうございます」

立て込んでいる店内を忙しそうに動き回っていた小女の元気そうな声に押されて腰を上げた宗次は、間近に位置する出口の暖簾を潜りかけ「おっと……」と、後ろへ下がった。

のっそりと入ってきたのは、浪人三人だった。宗次の浪人身形よりは遥かに悪い。それにプンと臭っている。

背丈のある浪人がジロリと宗次を睨めつけ、それまで彼が座っていた小上がりへ寄っていった。

嫌な雰囲気をその浪人たちに感じたのか、それまでざわついていた店内がフッと静かになった。

小上がりに座りかけた浪人三人の内の一人が、宗次が框に置いた銭を摑むや、袂へ放り込んだ。

手早く馴れた手口だった。しょっちゅう斯様なことをやっては、飲食を貪っているのだろうか。

宗次は小上がりへ引き返し、その浪人に手を差し出した。

「おい、今の銭を俺の手に返しな。そいつあ俺が店に支払った饂飩代だ」

「銭？……なんのことだ」

「同じ事を言わせるな。俺がこの店に支払った銭を、お前は袂へ放り込んだ。目と鼻の先で俺は見てんだ。おとなしく返しな」

「おとなしく？……おい、おとなしく返せだとよ」

三人の浪人は顔を見合わせ、フンと眉を揺さぶって低く笑った。

大事になりそうだ、と思ったのか三、四人の客が箸を置き、然り気ない様子を装って店から出ていった。

調理場の出入口に下がっている長暖簾が二つに割れて、小柄な白髪頭の男が顔を覗かせた。六十には三つ四つ間がある、といった印象だ。おそらく店主なのであろう。

だが困惑の様子を見せるだけで、小上がりにまでやって来て執り成しをする気は無さそうだった。双方の間に立つには、体格がどうも小さ過ぎて似合っておらず、それに年齢が行き過ぎている。

宗次は腰を低くし、銭を掠め取った浪人に、思い切り顔を近付けて言った。

「おい、もう一度だけ言う。俺の銭を返すか、表に出るか、どちらか好きな方を選べ」

それまでにやついていた浪人たちの顔が、硬直した。表に出るか、と言われたのだ。宗次に喧嘩(けんか)を売られたのだ。が、宗次程の者にしてみれば、売った、と言うほど大袈裟(おおげさ)なものではない。

このとき「ごめんなさいよ……」と穏(おだ)やかな野太い声があって、二人の男が店に入ってきた。

ひと目で堅気(かたぎ)の者ではないと判る、二人だった。しかも腰には長脇差(ながどす)を帯びている。

博徒(ばくと)だ。

その二人連れを見て、長暖簾の間から顔を覗かせていた白髪頭の親爺(おやじ)の表情が、「あ……」となった。

親爺と目が合った博徒の二人連れが、「よ……」と言った感じの小さな頷きを親爺に送る。

まさにその瞬間だった。銭を掠め取った浪人が、「いいだろう、相手になってやろう。外へ出ろい」と大声で凄(すご)み、立ち上がった。同調した他の二人の浪人も、眦(まなじり)を吊り上げて腰を上げる。

長脇差(ながどす)の博徒(ばくと)二人は、突然の大声に驚いたかと思うと、素早い動きを見せて、宗次と浪人三人の間へ、宗次に背中を向けるかたちで割って入った。

いや、非があるのは薄汚ない浪人三人の方、と一瞬の内に読み切って、宗次を庇う姿勢になったのかも知れない。その博徒二人の背中が、余りにも目と鼻の先過ぎたので、宗次は思わず三、四歩を静かに下がった。

博徒のひとりが、物静かな調子で言った。笑みを見せている。

「ご浪人さん。いきなりの凄んだ大声、止しにしておくんなさい。この店には東海道を旅して疲れ切った幾人もの旅の客が、いまホッと一息ついて食事を味わっていなさいやすんで」

「な、なんだと、この三下奴が……」

「ま、そう、凄まないでおくんなさい。三下奴じゃ聞く耳持って戴けませんかねい」

「余計な世話を焼くんじゃねえ。三下奴はすっ込んでいろ」

「一体何で、そんなに怒りまくっていなさいやすんで？……ちょいと話して下さいやせんか」

それを聞いた宗次が、博徒二人の背中に向かって穏やかに言った。

「この俺が框に置いた饂飩代を、いま熱り立っていなさる浪人さんが、くすねたのでござんすよ」

「おっ、そいつあまた……」

と、博徒二人は振り返った。

出会った三人の顔が殆ど同時に、「お……」「あ……」となった。お互いに、顔見知りどころではない関係だった。

「こ、これは宗次先生ではございませんか。お久し振りでございます」

博徒の背の高い方が驚いたように言い、二人は宗次に向かって、丁重に揃って腰を折った。

「本当に久し振りだな、貴三さんに、与市っつぁん。ご無沙汰してしまって申し訳ない。文助親分も小奈津姐さんも達者でいなさるかえ」

「へい、親分・姐さん共に達者でございます。実は昨日の昼この貴三郎、姐さんに呼ばれまして、来月の品川祭りには宗次先生をお招きする段取りを、と命じられております」

「そうか、うん、私が抱えている予定とぶつからなければ、喜んでその招きを受けよう」

「今年の品川祭りの仕切りは、大崎一家が御役所から指名されておりまして、その段取りでこうして店店に御願い事を伝えに出回っております」

「大崎一家が今年の例祭を仕切るなら、地元の人人や店店も安心して祭りを楽しめるだろう」

「ところで先生……」

と背の低い方の博徒——与市——が、声を潜めて一歩を詰めた。

「今日のお身形、何となく遠くへ御出掛けなさるのでは、と見えなくもございませんが……」

「うん、それについては、文助親分に会って詳しく打ち明ける積もりでいるのだ」

と、宗次も声を低くして応じた。

このとき凄み熱り立っていた浪人三人は、店の小女に申し訳なさそうに宗次の銭を渡して、こそこそと外へ出ていった。宗次も二人の博徒も、浪人三人の〝退散〟を捉えてはいたが、もはや気にも掛けない態だった。

大崎一家——品川宿を中心とした天地四方最大の博徒組織で、今や親分文助の下に、配下の数、三百を超える。

一の子分が、宗次が「貴三さん……」と呼んだ、小頭の貴三郎だった。知恵もあれば度胸もあって文助親分にも女房の小奈津姐さんにも信頼され、頼りにされている。

今や三百を超える一家の者を顎先で使えるのは、文助親分と小奈津姐さんを除けば、小頭の貴三郎だけだった。

この貴三郎を背後から目立たぬよう確(しっか)りと支えているのが、居合(いあい)の与市である。貧乏百姓の小倅(こせがれ)であった頃から「負け犬で生涯を終えるのは嫌だ……」とばかり、あちらこちらで休まず剣術を習い、才能があったのであろう**田宮流居合術**(たみやりゅういあいじゅつ)をすっかり身に付け、そこいらのちょいと名の知れた剣客(けんかく)など与市の足許(あしもと)にも及ばなくなっていた。つまり、恐ろしい程の腕前なのだ。

大崎一家の二本の大黒柱、と呼ばれて近在の人人に親しまれている貴三郎と与市だ。

「おい与市。宗次先生が文助親分を訪ねなさる。すまねえが先にひとっ走りして、姐さんに伝えて来てくれねえか」

「合点(がってん)承知。じゃあ宗次先生、私(あっし)はひと足先に姐さんの許へ戻っておりやす」

「そうか、頼む……」

与市が店から出ていった。

「親爺(とっ)つぁん、祭りの件でまた後で来るからよ……」

貴三郎は親爺の頷きを得ると、宗次を丁重に促(うなが)して店から外に出た。

二人は満月の明りの中を肩を並べて歩き出した。

「貴三さんは、ますます貫禄が付いてきたのう。月明りが一層の大物に見せておるわ」

「滅相もござんせん。大崎一家は、昼・夜の宿内見回りとか寺社の例祭を仕切る際などには御役所より帯刀を認められておりやすので、町の人人よりは体をうんと小さく縮めて歩いてござんす」

「うん。それでいい。大博徒組織の大黒柱と称されながらも、世の中に対し謙虚と遠慮を大事としているその生き方が、貴三さんの姿を大きく育んでいくのだよ。己れの気付かぬ内にな」

「せ、先生。そう誉めちぎらないで、おくんなさいやし。先生ほどの御人に誉められると、かえって身の置き場が無くなりやす」

「ははっ……身の置き場がのう。そいつあ、すまぬ」

「ところで先生。何ぞ深刻なことで旅に出られるのでしたら、是非にも大崎一家に手伝わせておくんなさいやし」

「さすがは貴三さん。相手の心中をよく見抜くのう。その通り、いささか深刻なことで小田原へ急ぎ出掛けるところなのだ」

「え、小田原へ、でござんすか？」

「うむ。文助親分に会ってから、と思ったが、小頭の貴三さんになら打ち明けても構わんだろう。実は一人の女性(おんな)を捜しにな」

「女性(おんな)？……」

「それもオランダ人の女医なのだ」

「な、なんですって……」

「ま、あとは文助親分と小奈津姐さんに打ち明けさせておくれ」

「へい。にしても先生。小田原まで人捜しにとなると、馬の脚(あし)に頼って急いだ方が宜(よろ)しいのではござんせんか」

「私もそれを真剣に考えていた。しかし馬を走らせると、裏街道を選んだとしても何かと目立つ」

「目立つと拙(まず)いのでござんすか」

「いささかなあ……」

「まさか先生……目立つと誰かに狙(ねら)われる恐れがある……とでも？」

「私が狙われることについては、何とも思わぬが、目的であるオランダ人の女医を穏やかに見つけ出したいのだ」

「穏やかに見つけ出したいってえと先生……まさかそのオランダ人の女医、何者かに拉致されたのではないでしょうね」

「実は、その通りなのだ」

「そいつあ大変だ先生。そうと知っちゃあ、大崎一家としては宗次先生お一人を小田原へ行かせる訳には参りませんや。親分よりも姐さんが承知なさいませぬよ」

「貴三さんや……」

「へい」

「矢張り馬を走らせよう。手配りを頼めるかい」

「喜んで……私に任せておくんなさいやし。私はここで一っ走りさせて戴きやす。先生は先に親分を訪ねていておくんなさいやし」

「言葉に甘えよう。すまぬな」

「何を水臭え……」

貴三郎はそう言い置いて、皓皓と月明りが降りしきる中を、韋駄天走りで宗次から離れていった。

宗次が真顔で、貴三郎の背中へ向け「ありがとう……」と呟いた。

二十

「実に久し振りだな……」

呟いて宗次は歩みを止めた。

直ぐ目と鼻の先に幾体もの達磨の絵を、様様な表情で並び描いた十枚の大障子が固く閉ざされている。達磨の表情は、喜・怒・哀・楽が十の表情にわたって描かれたものだ。この達磨の大障子の内側が、品川で「泣く子も黙る……」とまで言われている大崎一家の本拠だった。

幕末期、官軍が江戸城入城を目指して進軍する際、「無視できない二つの巨きな地場勢力がある」と軍上層部は真剣に案じていた。その一つが駿河の**清水次郎長**であり、もう一つが品川の**大崎文助**（三代目）であった。

博徒の世界では圧倒的な睨みを利かす**次郎長**、**文助**の両者であったが、なかでも晩年に近くなってからの**清水次郎長**は、単に博徒の世界のみならず、**政官界**に強大な影響力を有するまでになっていた。いわゆる〝睨み〟の利く存在に。

宗次は「ご免なさいよ。入らせて戴きます」と声を掛けてから、大きな達磨障子に手を伸ばした。

　しかし、彼が開けるよりも先に、誰かが内側から障子を開いた。

「いらっしゃい宗次先生。先ほど与市から品川宿に先生がお見え、と報せが入りましてよ」

　と、涼やかな笑顔が現われた。美しい、というよりはどことなく妖しい、といった感じではあったが、にもかかわらず清楚さ極まった美人、の印象が端整な面にあらわれている。

「これは小奈津姐さん。すっかり御無沙汰を致しやして、申し訳ございません」

　宗次は丁重に述べて、笑顔で深く腰を折った。

「これ、宗次先生。私の前では博徒言葉は使わないお約束でしたよ」

「あ、そうでござんしたね。つい自然に出てしまいやす……」

「あ、また……」

「ははっ。お許し下さい。気を付けます。親分は御出でいらっしゃいましょうか」

「そのお身形、何処ぞへ旅にでも？」

「はい、詳しいことは文助親分の前で姐さんにも聞いて戴きとう存じます」

「親分は今、品川祭りの段取りの詳細を、町衆と一緒にあれこれと図表に描いてお役人に届ける準備で大童だけれど、宗次先生が品川宿にお見えと知って目を細めていましたよ。さ、お入んなさい」

今や三百名から成る一家の者を顎ひとつで仕切れる小奈津姐さんが、実の弟でも出迎えたかのようにやさしく促した。

「へい。そいじゃあ、ちょいとお邪魔させて戴きや……あ、ではなく、失礼させて戴きます」

言葉を改めて土間内に入った宗次の肩を、「ふふっ……」と笑ってポンと軽く叩く小奈津姐さんだった。

若い頃の姐さんは「粋な茶羽織の小奈津姐さん」とか「茶羽織小町」とか呼ばれて大変な売れっ妓だった。単に三味線や舞や接客技術に優れていただけではなく、苦学して身に付けた茶道や和歌俳句、書道の心得が輝いており、一夜で千両を稼ぐと評された程の御上芸妓だった。品川宿で言う御上芸妓とは、当たり前の客の席には出ない、最上級の芸妓を意味している。茶道や和歌俳句や書道などの話を彼女と豊かに交わすことの出来る客、それが最低限の条件だった。

この小奈津姐さんに惚れて惚れて惚れ込んだ文助親分が「ぜひ俺の女房に」と、お百度を踏んで一家の大黒柱とも言える『姐御』の座に据えたのだった。『姐御』つまり『女親分』と称してもよい座にだ。

荒っぽい気性と男度胸の文助が驚いたことにその一方で、和歌、書道、茶道に極めて熱心なことは、博徒界の七不思議の一つとして、大江戸の裏社会では広く知られていた。

「これは宗次先生……」

「お久し振りでございやす……」

「ようこそ御出なさいまして……」

小奈津姐さんに従って長い廊下を奥へ進む途中で、出会った一家の者がにこやかに腰を折った。品川の人人から大崎屋敷と呼ばれている此処、一家の本拠には、**三十人衆**と称されている一家の腕と度胸の幹部たちがそれぞれ部屋を与えられて寝起きをしている。世帯を持った幹部は本拠を出て近隣に住居を与えられ、その他の者は的屋稼業に熱心に励み広大な縄張りの維持に努め、あるいは小商いで自立したりと、様様だった。

文助親分が、一家の者の自立に力を入れ始めたのは、小奈津姐さんが『姐御』の座に就いてからの事である。

博徒組織と雖もひとりひとりが自立の精神を持たないと、安定した強い組織は維持できない。

それが『姐御』の強い考えであり、その考えに文助親分は、一も二も無く手を打って頷いたのだ。

文助親分の居間は、月明りが降り注ぐ手入れの行き届いた中庭に面していた。

「お前さん、開けますよ。宗次先生がお見えです」

小奈津が障子の向こうへ声を掛けると、幾人もの人の動き——一斉に動いた——が伝わってきた。

「おお、お見えになられたか。入って戴きねえ」

どっしりとした重みのある文助の言葉が返ってくるのと、障子が内側から開けられるのとが殆ど同時であった。「御寮さん、いい打ち合わせをさせて戴きました」「親分さんから、いいお知恵を幾つも頂戴しました」などとにこやかに小奈津に向かって告げながら、身形の整った七、八人の町衆が腰低く表口の方へと下がって行った。江戸者、上方者が入り交じった町家（大店商人）たちだ。

彼らに小奈津は言葉短く応じたり頷いたりしながら、宗次の背に軽く掌を触れ「さ、先生……」といった感じで促した。

宗次が部屋に入ると小奈津は廊下に止まって静かに障子を閉じ、町衆たちを表口の外まで見送るためであろう、彼らの殿（しんがり）に付き従った。

宗次は腰の物（刀）をとり、長火鉢（ながひばち）を隔（へだ）て文助と向き合って座った。

「これはこれは、ようこそ訪ねて下さいやした宗次先生。お会いできて嬉（うれ）しゅうございやす」

親分文助は言葉通り嬉しそうに目を細め、欅（けやき）の如鱗木（じょりんもく）が美しい大きな長火鉢に額（ひたい）が触れるほど頭を下げた。文助は宗次が御所様（ごしょさま）（天皇、上皇）から招かれる程の天下一の絵師と、むろん承知してはいるが、実は相当なお血筋の人、と早くから確信的に見抜いていた。このあたりが大親分文助の凄（すご）いところだった。しかし、そう捉（とら）えてはいても、そのことについては噯（おくび）にも出さない。

「私の方こそ御無沙汰を重ねてしまい、申し訳ありませぬ」

「絵の方は、お忙しいのですかな」

「二、三年前に誰彼からお受けした絵が、未（いま）だ一枚も出来上がらぬ体（てい）たらくです」

「余程のことが先生の身の回りで次次と生じたから、という訳ではないのでしょうな」

「その点は大丈夫です。私の身の回りは、いたって穏（おだ）やかな毎日ですよ親分」

「それならば宜（よろ）しいが、先生の親父（おやじ）と勝手に思うておるこの文助に、偽（いつわ）りはなりませんぞ……で、今日、しかもこのような刻限にお見えになったのは？」

文助は上目遣いでチラリと宗次の顔を見た。そのあと高価な如鱗木の長火鉢に渡した猫板に載っている大きな急須に手をやり、宗次のために茶を淹れ出した。

馴れた手つきだ。好きで好きで仕方がない恋女房に、その大きな手でいつも茶を淹れてやっているのだろうか。そう言えば文助は、茶道も心得ている。

「実は親分に助けを戴きたいことが生じました」

宗次は言葉を飾らずに切り出した。

「私の身の回りは、いたって穏やかな毎日、と先生仰ったばかりだから、面倒な出来事じゃあござんせんね」

そう言い言い、宗次に香りのいい茶を笑顔で差し出す文助だった。宗次の前ではいつもの事だが、すっかり優しい親父になり切ってしまう文助である。彼にはそれだけの心の幅というものがある、ということなのであろう。〝凄みの文助〟と江戸の裏社会では恐れられながらも、和歌、書道、茶道に造詣が深いことが、文助の心の幅を広げているのであろうか。

「うまい茶です。いい香りだ……」

ひとくち熱い茶をすすって、宗次は表情を緩めた。

「駿河国（静岡県）は清水港の相識の仲の者から、ちょくちょく送られてくるのでござんすよ」

「あ、それで香りも味もいいのですね。駿河国は茶の香り……などと言われるほど、いい葉茶がとれますからね」

「で、先生？……」

「あ、親分に助けて戴きたいこと、率直に申し上げて宜しいか」

「なにを水臭え。私は先生の親父と勝手に思うていると申し上げたばかりですぜい。言葉を飾らず遠慮のう言って御覧なせい」

「実は私にとっての大恩人に関係してくることなのだ」

「先生にとっての大恩人？……」

「うむ。詳しく打ち明けられる部分と、打ち明けられない部分があるのだが、承知してくれるか親分。助けを親分に求めておきながら、礼儀作法に反して申し訳ないのだが」

「何をしゃらくせえ事をぐちゃぐちゃ仰っていなさる。それに私に対して、いちいち親分呼ばわりは止して下せえ。先生には親分と言われたくありやせんや。親父と呼んで下せえ親父と。宜しいですかえ」

「判(わか)ったよ、そうする、親父さん。で、その大恩人なんだが、長崎から江戸に来ていたオランダ人の女医なのだ」

「なんですってい……オランダ人の女医」

文助の顔色が変わった。オランダ人と聞けば長崎のオランダ商館、と判らぬ筈(はず)がない大親分文助である。しかも女医ときたから只事(ただごと)でないと気付かぬ方がおかしい。

宗次は言葉を続けた。

「このオランダ人女医の名はアリシア・デ・ウトレーラ。私はアリシア先生と呼んでいる」

「そのアリシア先生は、すぐれた西洋医術を用いて宗次先生の体の具合を診(み)て下すった事があるのでござんすね」

「うん、そう思って戴いてよい。あまり詳しくは言えぬのだが……」

「詳細なんぞ訊(き)きゃ致しやせん。それで、その大恩人のアリシア先生が、どうなさいやした」

「拉致(らち)されたのだ」

「え？　拉致された……」

驚く親父に対し、宗次は女医アリシアが長崎へ向け一人で江戸を発(た)ったこと、アリシア警護のために大目付の配下で宗門御改加役人別帳御改の役にある手練の二名が馬でアリシアの後を追ったこと、そしてアリシアが十名余の覆面の者に小田原で拉致され、それを阻止しようとした大目付配下の手練二人は討たれて亡くなったこと、などを簡潔に打ち明けた。

文助が怖い顔で「うむ……」と腕組をしたとき、障子の向こうで人の気配があった。

「お前さん、開けても宜しいでしょうか」

と、小奈津の声。文助が「構わねえよ」と返し、障子が開いて広縁に姿勢正しく座った小奈津が、振り返った宗次と目を合わせた。

「宗次先生。貴三郎が先生に、と馬を引いて今、戻って来ましたけれど……」

「有り難うございます。助かります。すみませんが姐さん、水と飼葉を確りとその馬に与えてやって戴くことは出来ましょうか」

「それは簡単な事だけれども、ということはこれから馬に乗って夜道の旅へ？……」

「はい。それについて今から、文助親分にいささかの御願いをしようと思っていたところです」

「じゃあ、ともかく馬に水と飼葉をやる手配りをさせましょう」

「この刻限に、お手を煩わすような事を申し訳ありません」

「何を仰るの、訳もないことですよ先生」

　小奈津は、にっこりとして障子を閉じ、下がっていった。

　宗次が姿勢を改め、香りのいい茶を静かに飲み干すと、それを待っていたかのように文助が腕組を解いて切り出した。怖い顔の中で目つきがギラリとなっていた。関東甲越の広大な地域にその名を知られた〝凄みの文助〟の目付きだ。

「貴三郎が用意した馬で、一人で小田原へ向かう積もりでござんすね先生」

「少しでも早く小田原に入りたいのだよ親父さん」

「気持は判りやすが、拉致した連中はきっと、次の追手が必ず飛んでくる、と手薬煉ひいて待ち構えておりやしょう。先生ひとりで小田原へやる訳にはいきやせんやな。危険過ぎる」

「いや、大勢で向かうと目立つ上に相手を刺激し、却ってアリシア先生が危ない。ここは一人に限ります」

「それにしても先生……」

「親父さん、何としても一人で行かせて下さい。その代わりと言っちゃあ何ですが、親父さんと親しい俠客、この人物ならと信頼のできる、小田原とその界隈に詳しい俠客をご存知なら、紹介して下さいませんか」

「なるほど、その手がありましたな先生……」

「その御人には、アリシア先生が拉致されたことを打ち明けた上で、小田原とその界隈のことについて協力を戴いたり教えを受けたりせねばなりません。ですから……」

「口の堅い人を是非に……でござんすね。判りやした。紹介状を書かせて貰いましょう先生」

「それは有り難い……」

「それを持って、その人物を訪ねなせい。余計な事は喋らねえ、寡黙な男でござんす。スジの通らねえ事に対しては、烈火の怒りを見せやすが、なあに、宗次先生なら安心して訪ねて下すって、よござんすよ」

　文助親分はそう言うと、座っていた姿勢をねじって後ろの水屋の引き出しを開けた。

　取り出したのは、硯箱に筆と巻紙であった。

二十一

「親父さん、小奈津姐さん。夜分に面倒なことを持ち込みまして申し訳ありません。それじゃあ馬をお借りして行って参ります」

「道中、気を付けるのですよ先生。無茶はいけませんよ。とくに道中女(どうちゅうおんな)に気を許してはいけません。宜しいですね」

小奈津が不安そうに宗次に歩み寄り、肩にそっと手を置いた。まるで我が子か実の弟に対するような口調だった。

文助は腕組をしながら「うん……」と頷いてみせた。文助が傍(そば)にいる前で小奈津が誰彼に対し何か大事なことを一(ひと)こと二(ふた)こと言ったあと、文助は必ず「うん……」と頷いてみせる。恋女房の言ったことは絶対である、それが文助の小奈津に対する変わらぬ愛のかたちであった。

文助と小奈津の背後には、貴三郎、与市ほか数人の幹部衆が顔を揃(そろ)えていた。

「小田原までの道中も、小田原に入ってからも用心いたします。安心して下さい姐さん」

「道中女だけでなく、お刺身などの生物、それに飲み水にも充分に気を付けなければいけません」

「うん……」と文助が再び頷き、宗次が「はい、気を付けます」とやわらかな笑顔で応じてから、小奈津から二、三歩離れた位置に立っている文助の前に移った。

「それでは親父さん……」

「行ってきなせえ。なあに、アリシア先生は必ず見つかりやす」

「そう念じて動きます」

「うむ」

宗次はすぐ脇に大人しく待機している馬に、ひらりと跨るや手綱を取った。

馬はそれが合図と心得、ゆっくりと歩み出した。

宗次は振り返らず、馬腹を軽く打った。

文助は腕組を解いて、背後に控えていた居合の与市と目を合わせた。

「いいか与市。命を張ってでも宗次先生をお護りしろ。しかし、先生に気付かれてはならねえ」

「畏まりやした」

「それに、出過ぎた真似はならねえぞ。あくまで宗次先生が危ない時だけ盾になるんだ。それを忘れるなよ」

「心得ておりやす」

「行けっ」

「へい……」

　頷いた与市は、隣に立つ貴三郎と目を合わせた。

「そいじゃあ兄貴……」

「凄腕のお前が留守になっても、親分や姐さんのことは、俺がきちんとお護りするから心配すんねえ」

「頼んます」

　頷いた与市は文助と小奈津に向かって姿勢を改めると、宗次の後を追うかたちで走り出した。丸腰だ。長脇差は帯びていない。その与市の後に、一家で腕利きの五名が矢張り丸腰で従った。暫く行った宿外れに、すでに馬六頭が調えられている事になっている。このあたり、大崎一家だからこそ速やかに可能な手配りであった。宿役人などとは比較にならぬ力を有している。

　六人は宿外れの皆島神社まで、休み無しに走り続けた。走る力を常に養うことは、裏社会を牛耳る大崎一家の者にとっては、欠かせぬ必須の鍛錬と決められている。

その次に重要とされているのが、与市から居合剣法を学ぶこと、あるいは自分で然るべき剣術道場を見つけて剣の業と精神を正しく身につけること、であった。身につけた剣法を邪に用いれば、一家から厳しい処罰を受けることになる。一家の者はその厳しさをよく知っているから、品川宿の治安のため、旅人を含めた品川宿の人人のため、そして役人から応援を求められたとき、相当な事情を負った文助親分が決断したとき、の他は決して長脇差を腰に帯びない。

赤い大鳥居の皆島神社は、旅人の安全を護る狛犬と唐獅子が祀られていることで知られている。見事な彫り業でつくられたと判る大きな彫像で、向き合って牙をむき咆哮する様は圧巻で、近隣の人人や旅人の信仰を集めていた。

六人は、赤い大鳥居に向かって柏手を打ち、頭を下げた。

そのあと神社とやや斜めに向き合っている、二階建ての大きな家に近付いていった。

赤提灯を一階、二階の軒下にずらりと並べ下げている。

東海道を下ってきた旅人を最初に迎えてくれる、『岡場所旅籠**はな房**』だ。

この刻限ではあったが、表口の大障子二枚はまだ開けられており、赤提灯の多くも蝋燭の灯を残していた。東海道を下ってくる旅の客は、深夜になっても止まることはない。品川宿の外れ、つまり出入口に位置するこの『岡場所旅籠**はな房**』は、疲れ切って深夜に訪れる旅の客にとっては、欠かせぬ存在だった。

与市ほか五人は目立つのを避けるような動きを見せて、『**はな房**』の裏手へと回った。

この『**はな房**』、大崎一家が事実上、営んでいる。

ひと昔前は、神奈川宿の大網元で知られた**浦島**一家の元締**太郎次**が営んでいたのだが、大崎一家の文助の勢いが増すにしたがい、五年前に**太郎次**自ら進んで『**はな房**』の権利を文助に譲ったのだった。もめ事にならず、平和な話し合いによって……。

『**はな房**』の裏手から、馬の背に跨った与市らが静かに現われ、月明りのなか一町(約百十メートル)ばかりを行ってから馬腹を打った。

六頭の馬が一斉に走り出し、蹄の音が夜のしじまに響きわたった。

それより前、夜五ツ半(午後九時)頃の江戸城。

黒書院に間近い『**総督の間**』で腕組をし目を閉じ、身じろぎ一つせず座していた若年寄心得にして番衆総督の**西条山城守貞頼**であったが、ピクッと瞼を小さく震わせたかと思うと、静かに立ち上がった。武人らしく取り乱すことのない穏やかな表情だが、大燭台の明りを映す双つの目は険しかった。

すり足の気配が、次第に近付いてくる。

そして大障子の向こうで止まった。

「表御番医師筆頭、今西仁弥斉にございます」

辺りを憚るような小声であった。

「お入りなされ……」

西条山城守も声を控えて応じ、大障子が訪れた者の手によってそっと開けられた。

小さな音ひとつ立てない。

座敷に入って大障子を閉じ、丁重に平伏する表御番医師筆頭の前へ、西条山城守は

近寄って行き腰を下ろした。

それを待って面を上げた今西仁弥斉は声を潜めて切り出した。

「上様の呼吸、やや落ち着かれましてございます」

「おお、左様か。ご苦労様でありましたな。よう頑張って下された」

「今宵のところお変わりはないと思われまする。我らにお任せ下さいまして、下城くだされましても大丈夫と思われます。御大老酒井様ほかの皆様も、これよりお下がり

になります」

「承知した。では屋敷へ戻って、いつでも登城できる用意だけは調えておこう」

「それでは城中で待機の他の幕僚の方方へ、順次お知らせを急ぐことと致しまする」

「うむ、宜しく頼みましたぞ」

「はい」

表御番医師筆頭、今西仁弥斉は再びうやうやしく平伏すると下がっていった。

西条山城守貞頼——若年寄心得にして番衆総督九千五百石。今や番衆勢力二千数百名の指揮権を掌握し、幕府内で隠然たる影響力を有する立場にあった。

将軍に直属する国軍の総指揮者である、ということだ。二千数百名が彼の一声で動く。

が、強力な権限を有する彼ではあったが、耐え難いほどの重い苦悩を今、背負っていた。最愛の娘、**美雪**と彼女が心血を注いで創設した女性教育塾『**井華塾**』、そして塾の関係者大勢を、謎の爆発によって一瞬の内に失ってしまったのだ。

一体何者がそのような凶行に及んだのか、未だ杳として判っていない。

西条山城守は皓皓たる月明りのなか、騎馬にて下城をはじめた。西条家の家臣が、その前後左右を取り囲む。いずれも西条家の一騎当千であった。

西条山城守ほどの**大名に近い**大身旗本になると、家臣だけでも下僕までを含めると、二百名ほどになる。大世帯だ。大変な配下の数である。

ただ、この二百名余の中で、『いざ鎌倉……』時に戦闘的奉公人として使えるのは、おそらく半数の百名くらいであろうか。

百名余の戦闘的家臣を常に身近に侍らせておくことが叶う大身旗本は、殆どいないと言えよう。これに加えて山城守は、番衆勢力二千数百名を指揮下に置いている。

実は、山城守が持つこの強大な力が、『**井華塾**』爆破の原因になっているのではないか、と囁く幕僚がいないでもなかった。その囁きはむろん、山城守の耳へも既に入っている。

それでも彼は、全く動じなかった。己れの権力が大きくなればなるほど、見えざる暗い組織の敵愾心は膨らむであろうと常日頃から覚悟はしている。

七百石旗本屋敷の角を右へ折れ、広い真っ直ぐな通りに入ったところで、山城守を護る家臣集団の動きが止まった。

降り注ぐ月明りの下、二町半（約二百七十五メートル）ばかり先の左手に、西条家の表御門が見えている。

未曾有の被害を出した明暦の大火（明暦三年・一六五七）までは、大名、旗本家には宏壮な拵えの表御門が見られたものだが、その後、幕命によって宏壮華麗な建築はその姿を消し、たとえば表御門（わざわざ御門と称したほど贅沢だった）は楼門、平唐門、八脚門形式などは見られなくなり長屋門などが多く造られるようになった。

が、明暦の大火の被災を免れた西条家の表御門は、どっしりとした重量感を漂わせる**一間一戸四脚門**で、京をよく知る武士の間では、「北野天満宮の中門の雰囲気にどこか似ている……」と囁かれたりする。

その豪壮な造りの表御門の前では、四、五人の侍を背後に従えた体格この上もなく凛凛しい印象の武士が、月明りを浴び両拳を握り少し両脚を開いた仁王立ちで、主人（山城守）の方を見ていた。

手槍の名手で念流および小野派一刀流の達者、後藤田六七郎であった。

いつもは山城守の登下城の身辺警護を中心的な立場で担っている。馬上の山城守にぴたりと張り付く六名の内の一人である。

しかし『**井華塾**』が爆破されて以来、後藤田六七郎は屋敷警備を任されるようになっていた。

後藤田が早足で、主人を護る家臣団に近付いて来たので、集団の先頭にあった一人が後藤田の方へ駆け出した。

「よし、行け……」

山城守が馬の肩首を掌で叩き、それを合図として家臣団は月明りの中を進み出した。

屋敷は目の前に迫っていたが、家臣たちは背に汗を覚える緊張のなかにあった。このような場合に限って刺客集団が突如として現われないとも限らぬからだ。それに屋敷で何かがあったのであろうか、表御門の前で後藤田六七郎が待機していて、しかも足早に向かって来る。

その後藤田と家臣団の先頭にあった一人が向き合って言葉短く話を交わし、それで用を終えたとばかり後藤田は馬上の主人へ丁重に一礼してから屋敷へ小駆けに戻っていった。

後藤田と話を交わした若い家臣——高棟二三郎——が馬上の山城守のもとへ駆け寄った。若いが鹿島新當流の皆伝者で、西条家に備わる鍛錬道場の師範格の一人だ。

「どうした高棟二三郎……」

「殿。大目付**彦坂壱岐守重治**様が火急の用にて今、騎馬にて屋敷にお見えなされているようでございまする」

「なにっ。彦坂壱岐守重治殿が騎馬で……この刻限に？　まさかお一人で見えたのではあるまいの」

「いえ。屈強の徒侍、十余名を従えてお見え、とのことでございます」

「わかった。道を開けさせよ」

「はっ」

道を開けよ、の高棟のひと声で、家臣団は左右に分かれて主人のために道をつくった。

山城守は馬腹を軽く打った。

駆け出した馬に遅れをとってはならじ、とばかり家臣団も即座に全力疾走に入った。

二十二

従五位下・首席大目付、彦坂壱岐守重治は、書院の次の間で山城守を待っていた。

「おお、彦坂殿。お待たせ致しましたな」

山城守は下城のままの身形で、首席大目付の彦坂と向き合った。家格としても職位としても山城守の方が圧倒的に上位であったが、旗本の栄職である『大目付』に対する山城守の姿勢は、表情硬くとも柔らかな物腰、口調であった。

「この刻限、突然にお訪ね致しましたる失礼の段、お許し下されませ」

「何を仰せか。大目付の監察的御役目は、いつ何時どこへ立ち入ってもよし、とすべきもの。なによりも壱岐殿は責任重い首席の立場。御役目に遠慮は御無用となされよ。で？……」

山城守は硬い表情を尚も改めて、上体をほんの少し前に傾け相手の目を見た。

「急ぎお知らせすべき重大な事につきまして信頼できる上席の家臣より私に報せが入りました故、こうして罷り越しましてございます」

「して、その重大な事と申されるのは？……」

「女性教育塾として上様より御認可されましたる『**井華塾**』の爆破の件についてでございます」

「ぬっ……いま『**井華塾**』の、と申されたか」

「はい」

山城守の顔色が、大燭台の明りのなか、さすがに変わった。何としても爆破の真相を突き止め娘をはじめ犠牲となった大勢の者たちの仇を討ちたい、と思っていた山城守である。

大目付彦坂は、言葉を続けた。

「今宵、上様の御容態がやや落ち着かれましたことから、つい先程屋敷へ戻った私でありますが、戻るや否や上席用人の塚藤進之助と申す者があたふたと私の居間にやって参り……」

そこで彦坂はコホンと軽く咳払いをした。その表情は硬直し、大燭台の明りの中でも青ざめていると判る。

「その用人は、壱岐殿に何と申したのじゃ」

待ち切れずに山城守は訊ねた。それはそうであろう。若年寄心得にして番衆総督という高い位に在るがために『**井華塾**』爆発以来、内心の乱れをぐっと抑え、冷静さを装ってきた彼であった。煮えたぎる怒りに毎夜毎夜苦しんでもきた。

彦坂が言った。

「私が登城中の昼八ツ（午後二時）頃、屋敷への出入りを許している酒問屋『美濃屋』の主人商右衛門が、玉之助と申す一番手代をともなって、用人塚藤を訪ねて参ったのでございます」

「『美濃屋』な。江戸では確か三番手か四番手くらいの酒問屋で、近江の酒に強い……」

「はい、左様にございます。商いの規模から見て、三番手くらいの大店でございましょうか。主人の商右衛門と用人塚藤は共に相模の生まれであることから息が合い、なもので屋敷への出入りを許した訳でして」

「それで？」

「一番手代玉之助が、迷いに迷った上で主人の商右衛門に蒼白な顔で打ち明けたのでございます」

「何を打ち明けたのじゃ。話の核心を早く申されよ」

「は、失礼いたしました。一番手代玉之助は声を潜め怯えた口調で、打ち明けたのです。『**井華塾**』を爆破した下手人たちを、はっきりと見たと」

「なんと……」

日頃は冷静な武人である山城守が、思わず片膝を立てた。

「見たとは、その手代は何を見たのじゃ。一体何を」

「下手人の一部の面相と人数でございます。人数は五名、体格はいずれも大柄、両刀を帯びた身形正しい武士で、覆面で顔をば隠していた、と」

「では、その手代、下手人の素面は確かめられなかったのだな」

「いえ、それが目窓だけを開けた覆面ではなく、呼吸を楽にしたいためか鼻までを露出していたようでございます」

「では、目と鼻の特徴は摑めたのだな」

「『井華塾』の爆破があった夜は、月明りが降り注いでございました。五名のうち三名の下手人はとくに鼻が異常なほど高く、覆面で隠し切れなかった部分の髪の色は、蜜柑色であったと」

「なにいっ」

双つの目をギラリとさせた山城守であったが、宙の一点を見つめたまま表情はそこで止まった。

大目付彦坂は付け加えた。

「その手代の申すこと、全てそのまま受け取る訳には参りませぬ。五名を見たとは言え、当人は動転しておりましたでしょうし、月明りがあったとは申せ、蜜柑色の髪の毛、というのは矢張り頷けませぬ。一両日中に、当人より直接じっくりと聞いてみる必要があろうかと思います」

「いや、壱岐殿、下城したばかりで疲れてはおろうが、これより美濃屋を訪ねたい。手配りをして下され」

「これより？……私は構いませぬが、山城守様は上様の枕許近くに長く控えておられたと、茶坊主より聞いてございます。山城守様こそお疲れではございませぬか」

「番衆総督が疲労ごときで音を上げていては、御役目が勤まらぬわ。直ちに『美濃屋』へ」

「畏まりました。それでは我が家臣を二名ばかり、先触れとして『美濃屋』へ走らせまする」

「うむ。この刻限じゃ。それがよいな」

「では……」

首席大目付彦坂壱岐守重治は軽く頭を下げると、西条山城守の前から下がっていった。


山城守と壱岐守および両家の家臣合わせて二十名余は、満月の明りの中を酒問屋『美濃屋』へと向かった。やや風が吹き始めているが、静まり返った夜だった。

いつもは冷静沈着な武人、山城守であったが、いまその気持は逸っていた。まさか大目付すじから『**井華塾**』爆破に関する情報が齎されるなど、予想だにしていなかった山城守である。

重職・番衆総督としての日常は多忙を極めていた上、四代様の御命が今日か明日かという現下にあっては、爆破の下手人を自らの手で捜索することも敵わなかった。それだけに、他人には漏らすことの出来ぬ、苦悩と焦りの毎日であった。

山城守には、酒問屋『美濃屋』の一番手代玉之助が、爆破の下手人をなぜ目撃できたのか、おおよそ領けていた。

西条家は、江戸の酒問屋では〝下り酒〟に強い最大手の『灘屋』に出入りを許している。主人の灘屋寛三郎は月に一、二度は屋敷へ挨拶のため顔出しをするが、日常の商い（注文取り、納品、集金など）は一番手代が担っていた。幾件もある数多い得意先の集金回りで西条家を訪れるのが夜に入ってしまうことはべつに珍しいことではなく、そのような場合は一番手代や付き添いの奉公人に夜食程度だが給してやったりもする。

『美濃屋』が、西条家の近隣の中堅旗本屋敷へ出入りしていることを山城守は既に承知している。したがって玉之助とやらの一番手代は夜に入ってからの商いの途上で、事件の下手人を偶然、目撃したのであろうと山城守は想像した。

「見えて参りました。あれにございます」

山城守と居並んで騎上にある壱岐守が前方を指差した。

「酒問屋というのは、どこも宏壮な店構えだのう」

「はい。とくに大店ともなりまするど」

店は表口の板戸、大障子の一部を開け、その明りが外に漏れていた。

先触れの侍二名と、店の者らしい三、四人が、その漏れ明りの中で話し合っていたが、馬蹄の音に気付いて皆、一斉にこちらを見た。

山城守と壱岐守は共に馬腹を叩いて馬の走りを速め、双方の間は一気に縮まった。

『美濃屋』の店前で山城守がひらりと馬上から下り、壱岐守がそれに続いた。

すかさず先触れの侍二人が、馬の手綱を預かる。

商人らしいやや揉み手腰な慇懃さで、五十半ばくらいに見える男が山城守と壱岐守に近寄った。

「美濃屋商右衛門でございます」

壱岐守は先ず山城守の耳許で声低く告げてから、商右衛門に言った。

「商右衛門、ここにおられるは若年寄心得で番衆総督に在られる西条山城守貞頼様じゃ」

江戸四方にその武名が知られている山城守を目の前にして、商道に馴れた美濃屋商右衛門もさすがに身を硬くして名乗るのも忘れ、深深と御辞儀をした。

山城守が口を開いた。その武名にふさわしい重い野太い声だが、穏やかな口調だった。

「美濃屋商右衛門、そう硬くならずともよい。このような刻限、突然に訪ねて来た無作法を詫びねばならぬ。許してくれい。さ、面を上げなさい」

「わ、詫びて戴くなど滅相もございませぬ。恐れ多いことでございます」

言い終えて美濃屋商右衛門は漸く姿勢を正した。

「商右衛門、その方は先頃、我が西条家に伸し掛かった重苦しい事件を承知しておろうな」

「は、はい……」

「その事件の下手人を、『美濃屋』の一番手代玉之助なる者が目撃したと聞く。その詳細について本人に問い質したい。会わせてくれぬか」

「畏まりましてございます。少し風が出て参りましたが、御案内申し上げて宜しゅうございましょうか」

「案内？……」

「はい。『美濃屋』の奉公人で世帯を持っている者、あるいは近く世帯を持つことが決まっている者には、この店裏通り直ぐの所にあります『美濃屋』の家作（いわゆる社宅）に住まわせております」

「玉之助とやらは、女房持ちであったか……」

「いえ、来月の初めに私が親がわりとなって、挙式する運びとなってございまする」

「そうか。それはめでたいの。では家作まで案内してくれ。風など多少強く吹いても構わぬ」

「承知いたしました。こちらでございます……」

商右衛門は、隣の江戸一の米問屋『甲州屋（こうしゅうや）』との間に挟まれた石畳小路（いしだたみこうじ）へと入っていった。

石畳は恐らく、荷物を積んだ大八車（だいはちぐるま）が、表通りから裏通りへと抜け易（やす）いよう、『美濃屋』と『甲州屋』が持ち合いで敷き詰めたものであろう。

山城守と壱岐守は商右衛門の後ろに従った。

警備の侍たちも当然のこと、道幅二間（けん）（約三・六メートル）ばかりの小路へ入って行きかけたが、山城守が「よい……」と言葉短く制した。

「いいえ、殿。それでは余りに……」

西条家の家臣団の先頭にあった手槍の名手で小野派一刀流の達者、後藤田六七郎が頭（かぶり）を小さく横に振った。

「この小路口と『美濃屋』周辺に目を光らせておけ。それでよい」

山城守が声低く強い口調で言うと、「は、それでは……」と後藤田は応じた。

商右衛門、山城守、壱岐守の三人は、『美濃屋』と『甲州屋』の高い板塀に挟まれた月明りの石畳小路を、店裏通りへと向かった。

小路と丁字型に接している店裏通りは、月明りの向こうに見えてはいたが、それでも半町以上も先だ。それだけ『美濃屋』・『甲州屋』の町屋敷が大きいということだろう。

江戸の時代、町屋敷や町人住宅の間口については好き勝手に無制限に造作できる訳ではなかった。深く踏み込んで述べると一行や二行では済まないため簡潔に述べると、『年貢がない町人』については町人地（町地）を**上・中・下**に分け、その間口の広さによって**賦課基準**なるものが細かく定められていた。上（級）町地とは、日本橋、飯田町、麴町、市谷田町、湯島、本郷、神田など。中（級）町地は、浅草、芝金杉、赤坂、八丁堀、両国橋など。そして下（級）町地は、深川、本所、小石川、駒込、青山、麻布、牛込、四谷などだった（ここで言われている**上・中・下**は、いわゆる上級住宅地などといった概念とは**全く関係が無い**ので、取り違えてはならない）。

山城守ら三人は、店裏通りに出た。降り注ぐ月明りは、いよいよ冴えて明るい。

「あれが『美濃屋』の家作でございます」

と、商右衛門が指差したのは、店裏通りに沿って流れる幅十間（約十八メートル）以上はありそうな掘割(ほりわり)の向こう岸だった。

小二階拵(ごしら)えの板葺(いたぶき)長屋が月明りを浴びて立っていた。築(ちく)まだ浅いのであろうか、夜目にも古さは全く感じられない。

「いい家作じゃ。あのような家作に住める『美濃屋』の奉公人は恵まれておるのう」

壱岐守が言って、はじめて微笑(ほほえ)んだ。

「ありがとう存じます。質素な拵えではございますが、隣との仕切り壁だけは確りと厚く造らせました。奉公人とは申せ世帯を持てば、内密事も増えて参りましょうから」

「よう気配りの利く主人(あるじ)じゃな」

「恐れ多いお言葉でございます」

三人は掘割を上(かみ)へ少し行ったところに架(か)かった木橋を渡った。

小二階造りの長屋は二棟(むね)あって、路地を挟むかたちで九室が向き合って立っていた。

長屋路地へ入るには、木戸を開けねばならない。ただ、施錠されている訳ではないから、押し開ければいいだけだった。

「一番奥、右手の住居(すまい)を、一番手代の玉之助に与えてございます。ちょっと先に行かせて下さいまし」

商右衛門はそう言い残して、長屋路地を奥へ向かって足早に進み出した。

山城守が立ち止まり、辺りを見回した。

「いかがなされました？」

「いやなに……何かがコツンと五感に触れたのじゃ」

「は？……」

「いや、気のせいかも知れぬな」

山城守と壱岐守の二人は、恐らく家主の商右衛門と住人の玉之助しか知らぬからくり錠を開けて、「遅くに済まないね。入りますよ、これ玉之助」と声を掛けながら商右衛門が表口を入るのを見届けた。

「壱岐殿、急ごう」

「え？」

「嫌な予感が……」

と、山城守は皆まで言わずに、小駆けとなった。玉之助の住居（すまい）は目と鼻の先だ。

と、真っ暗だった玉之助の住居（すまい）から商右衛門が灯したと思われる明りが漏れ、「うおっ、た、玉之助……」と、押し殺した叫び声がした。

山城守と壱岐守は血相を変え、玉之助の住居（すまい）に飛び込んだ。二人とも右の手は刀の柄（つか）に触れている。

幕府の重臣二人が目撃したものは、玉之助が血の海の中に横たわる凄惨（せいさん）な光景だった。

玉之助は、胸部（きょうぶ）を朱（あけ）に染めていた。

ガタガタと震える商右衛門は血の海の中にべったりと座り込み、一言も発することが出来ない。

「壱岐殿。下手人はまだこの界隈にいるかも知れぬ。警備の侍（もの）たちに、直ちに辺り一帯を捜索するよう命じてきて下され」

「承知しました」

壱岐守は身を翻（ひるがえ）し、外へ飛び出していった。

「しっかりせぬか商右衛門。大事な奉公人が殺（や）られたのじゃ。其方（そなた）が着ているものを血で汚し動転していては、様（さま）にもならぬ。玉之助の着物が押し入れにでもあろう。着替えなされ」

「は、はい。申し訳ありません」

山城守に言われて商右衛門は立ち上がろうとするが、足腰の力が抜けてしまっているのか立ち上がれない。

「ほれっ……」

山城守は見かねて手を差し出してやった。

「も、勿体のうございます。お、恐れ多いことでございます」

「いいから……」

「は、はい」

山城守は自分の手を摑んだ商右衛門を、ぐいっと引き上げてやった。

商右衛門は米俵が転がるように押し入れまで吹っ飛んで、襖に頭を突っ込んだ。

山城守の関心はこの瞬間、商右衛門から既に玉之助に移っていた。

山城守は、血の海と化していない骸の頭側へと回り、脇差で玉之助の帯を切り、着ている物の胸元を切っ先を使って左右へ大きく開いた。そして脇差を静かに鞘へと戻す。

骸の胸部が露となって、山城守の目つきが「ん？……」と険しくなった。

「すまぬが、膝頭を肩にのせるぞ。許せ……」

山城守は骸に向かって呟くように告げ、天井を向いて絶命している玉之助の両の肩に、己れの左右の膝頭をのせると、上体を前に倒し、朱に染まった胸に顔を近付けた。

「この傷は……」

一撃のもとにやられたと思われる致命傷は、右の胸と左の胸それぞれに一か所だった。

出血はジワリとした滲出血を除き、ほぼ止まっている。

山城守は指先でそっと、傷口二か所を塞いでいる滲出血を拭った。

「おかしい……一体これは」

山城守がそう漏らして首を小さくひねった時、パンッという炒り豆の弾けたような乾いた音が聞こえてきた。

ハッと、山城守が顔を上げる。

「銃声？……」と呟いた次の瞬間、山城守は激しい動きで外へ飛び出していた。

韋駄天の如く長屋路地を突っ切り、木戸門から走り出た山城守を待ち構えていたかのようにパンッと二発目の銃声が響いた。

「出会え、出会え……」

山城守は警備の侍たちが待機している方角に向かって、大声を発するや否や、掘割に架かった木橋へ矢のように迫った。

その木橋を渡った少し先で月明りの中、壱岐守が前かがみに、ゆっくりと崩れるところだった。

「出会え、出会え」

再び叫びながら、山城守は木橋を渡り、壱岐守に駆け寄った。

壱岐守はちょうど正座姿勢で肩を落とし、脇腹を手で押さえていた。

「壱岐殿、しっかりなされよ」

山城守は苦痛で顔を歪(ゆが)めている壱岐守の背に腕をまわして支えた。

脇腹を押さえる壱岐守の手が、みるみる朱に染まってゆく。

「む、向こうの……右手……二階家の軒下辺りから……撃た……」

「判った。喋りなさるな……少し痛むが辛棒(しんぼう)なされよ」

山城守はそう告げると、掘割の畔(ほとり)に枝を広げている松の巨木の陰(かげ)に、壱岐守を力任せに引き摺(ず)り込んだ。

三発目の銃弾から、壱岐守を守るためだった。いや、狙(ねら)われていたのは番衆総督の山城守であったのかも知れない。玉之助の住居(すまい)へいずれは然(しか)るべき幕僚が訪れるであろう、と下手人が予測していたとすれば、その下手人は玉之助に目撃された〝**『井華塾』の襲撃者**〟に相違ない。

「気を……気を付けて下され……山城守様」

苦しい息の下から壱岐守が言ったとき、三発目の銃声が響きわたり、被弾した松の幹がビシッという音を立てた。

月下にはっきりと木屑が飛び散る。

刹那、山城守は松の根元に転がっていた拳大の石を掴むや、二階家の軒下辺りを狙って、渾身の力で投げつけていた。銃声と同時に黒い人影がチラリと動いたのを、見逃していなかった山城守である。

何に命中したのか投げた石は、銃声に劣らぬ程の大きな音を立てた。狙撃者を小慌てに陥らせるに足る大きな音であった。

山城守は「おのれ……」とばかり抜刀するなり地を蹴って、二階家に突進した。抜刀したのは脇差であった。

何でまた、大刀を抜刀しない？

二階家の軒下から、月明りを避けるようにして黒い人影――巨漢――が現われた。地に向け下ろしていた銃口を上げ、山城守に狙いを定めた。いや、正確には、狙いを定めようとした、であった。

憤怒の形相で突進していた山城守が、疾走姿勢のまま体を激しく一回転させ、その遠心力を使って脇差を投擲(とうてき)した。

月明りの中を、脇差が鈍(にぶ)いきらめきを放ちながら矢と化した如く飛ぶ。

そして、脇差が肉を打つ音と、同時に轟(とどろ)く銃声。

銃火は夜空に向かって放たれ、巨漢はツッ……と二、三歩を大きくよろめいたが呻(うめ)きは発しない。

それどころか銃を投げ捨て、目前に迫った山城守に対し抜刀して身構えた。

月明りが漸く其奴(そやつ)の面貌(めんぼう)を捉えた。目窓だけを細く開けた黒地の覆面で顔を隠している。

身構えた相手に山城守は全く怯(ひる)むことなく激突した。そう、まさに真正面からの激突だった。

凄(すさ)まじい打ち合いとなった刃(やいば)対刃。それはもう殴(なぐ)り合いと称してよい程の、激烈な鋼(はがね)と鋼のぶつかり合いだった。

双方の刃が細かな青白い火花と化して、砕け散る。ガチン、チャリンと甲高(かんだか)く響く鋼の音。

「うんぬ……」

深く踏み込みざま山城守の剣が、巨漢の右肘(ひじ)を狙って掬(すく)い上げ、躱(かわ)された切っ先を宙で反転させ相手の膝頭へ打ち下ろした。速い、千変万化の刀法だ。これが山城守の武人剣法であった。

山城守を只者でないと漸くのこと読めた巨漢が、かろうじて逃れ、後方へ飛び退がった。

そこへ、警備の侍たちが、山城守の背後から「おのれ何者っ……」と満ち汐の如く迫る。

山城守が怒声を発した。

「儂に構うな。壱岐殿を医者へ……近くに医者はいないか商右衛門に確かめよ……早くせい」

「はっ」

警備の侍たちが揃って引き汐のように、松の根元に横たわる壱岐守へと踵を返す。

山城守は休まなかった。生かしてはおかぬ、という怒りの炎が五体から噴き上がっていた。

「せいっ」

体勢を改め構え直した背丈ある刺客に、山城守はまるで組み付くように迫りざま、二撃、三撃と矢継ぎ早に相手の頬へ打ち込んだ。皆伝級の達者に頬へ打ち込まれると、最も防禦が難しい。顔面は急所だ。したがって集中的に攻められると恐怖心に見舞われる。

が、刺客の防禦は完璧だった。

相手は大柄であったが、山城守も小柄ではない。

その両者が渾身の力で打ち合う刃対刃は、青白い光を発する粉雪のように両者の頭上に降り掛かった。

と、突然。

月が雲に隠され闇が地上を覆った。両者、何も見えない。

しかし、一瞬の闇かも知れない。ひと息もせぬうち再び皓皓たる月明りが降り注ぐかも。

山城守は、勝負に打って出た。

武人なら、やってはならぬ方法を山城守は選択した。

彼は大刀——家伝の名刀——を足許に捨て落とすや、姿勢低く相手にぶつかっていった。

山城守は、幕僚・幕臣たちの間で知られた、大東流柔術の達者である。

大東流柔術は、新羅三郎（源　義光・平安後期の武将。従五位上・刑部少輔）を始祖とする古流武術である。

　雲に隠されていた月が出た。

　眩しいばかりの月明りが、夕立ちを思わせるかのように燦燦と降り注ぐ。

　その目映い月明りの中で警護の侍たちが見たものは、山城守の右肩を軸として豪快な大車輪を描き地面に叩きつけられた、無残な刺客の姿だった。

　肉体が地面を打ち鳴らす、ドンという音。

「があっ……」という呻きと共に弾かれて二度跳ねる刺客の巨体。警護の侍たちの誰もがそれで終わると思っていた勝負だった。あとは山城守が足許の大刀を手早く拾い上げ、刺客の覆面を剝ぎ取って首をはねるだけだ。

　そう信じていた警護の侍たちであったが、何と言うことか、その〝期待〟は見事に裏切られた。

　刺客の巨体が、全身を内側へ折るようにして丸めるや二回転し、すっくと立ち上がったのだ。

　しかも猫足立ちだ。

　これには山城守も我が目を疑った。相手が肩から落下するように放った大東流『山落とし』の投業である。受け身、不可能な筈であった。

相手は山城守を見て、明らかに目窓の奥で笑った。なんと左肩には、山城守の脇差が突き刺さったままだ。

「まだまだ……」

それが刺客の捨て台詞であった。

山城守が「おのれ……」と足許の大刀を拾い上げると、猫足立ちの其奴はヒラリと身を返しざま地を蹴った。

満月の夜空にその巨体は左肩から血を噴き散らして高高と舞い上がり、傍を流れている幅十間以上はありそうな掘割に飛び込んだ。

誰もが大きな水音と、跳ね上がる水飛沫を予想したが、しかし聞こえてきたのはトンという軽い音だった。

「ははっ、まだまだ……」

其奴は、また嘲笑った。

掘割の岸寄りには、やや大き目な一艘の猪牙舟が待ち構えており、其奴はその猪牙舟の上に、カワガラスのように身軽に降り立ったのだ。

猪牙舟には矢張り目窓だけの覆面で顔を隠した大柄な二本差しが一人待機していて、直ぐさま櫓を漕ぎ出し岸辺を離れた。

更に山城守を驚かせたのは、あれほど地面に叩きつけられ左肩を負傷してもいる其奴が、てきぱきと動きあっと言う間に猪牙舟に帆を張り、一気に速度を上げ遠去かっていったことだった。

（つづく）

「門田泰明時代劇場」刊行リスト

ひぐらし武士道
『大江戸剣花帳』（上・下）
徳間文庫　平成十六年十月
光文社文庫　平成二十四年十一月
徳間文庫（新装版）　令和二年一月

ぜえろく武士道覚書
『斬りて候』（上・下）
光文社文庫　平成十七年十二月
徳間文庫　令和二年十一月

ぜえろく武士道覚書
『一閃なり』（上）
光文社文庫　平成十九年五月

ぜえろく武士道覚書
『一閃なり』（下）
光文社文庫　平成二十年五月
徳間文庫　令和三年五月
（上・下二巻を上・中・下三巻に再編集して刊行）

浮世絵宗次日月抄
『命賭け候』
徳間書店　平成二十年二月
徳間文庫　平成二十一年三月
祥伝社文庫　平成二十七年十一月
（加筆修正等を施し、特別書下ろし作品を収録して『特別改訂版』として刊行）

ぜえろく武士道覚書
『討ちて候』（上・下）
祥伝社文庫　平成二十二年五月
徳間文庫　令和三年七月

浮世絵宗次日月抄
『冗談じゃねえや』
徳間文庫　平成二十二年十一月
光文社文庫　平成二十六年十二月
（加筆修正等を施し、特別書下ろし作品を収録して『特別改訂版』として刊行）
祥伝社文庫　令和三年十二月
（上・下二巻に再編集して『新刻改訂版』として刊行）

浮世絵宗次日月抄
『任せなせえ』
光文社文庫　平成二十三年六月
祥伝社文庫　令和四年二月
（上・下二巻に再編集し、特別書下ろし作品を収録して『新刻改訂版』として刊行）

浮世絵宗次日月抄
『秘剣　双ツ竜』
祥伝社文庫　平成二十四年四月

浮世絵宗次日月抄
『奥傳　夢千鳥』
光文社文庫　平成二十四年六月
祥伝社文庫　令和四年四月
（上・下二巻に再編集して『新刻改訂版』として刊行）

浮世絵宗次日月抄
『半斬ノ蝶』（上）
祥伝社文庫　平成二十五年三月

浮世絵宗次日月抄
『半斬ノ蝶』（下）
祥伝社文庫　平成二十五年十月

浮世絵宗次日月抄
『夢剣　霞ざくら』
光文社文庫　平成二十五年九月
祥伝社文庫　令和四年六月
（上・下二巻に再編集して『新刻改訂版』として刊行）

拵屋銀次郎半畳記
『無外流　雷がえし』（上）
徳間文庫　平成二十五年十一月
徳間文庫（新装版）　令和六年三月

拵屋銀次郎半畳記
『無外流　雷がえし』（下）
徳間文庫　平成二十六年三月
徳間文庫（新装版）　令和六年三月

浮世絵宗次日月抄
『汝 薫るが如し』　光文社文庫　平成二十六年十二月
祥伝社文庫　令和四年八月
（上・下二巻に再編集して『新刻改訂版』として刊行）

浮世絵宗次日月抄
『皇帝の剣』（上・下）　祥伝社文庫　平成二十七年十一月
（特別書下ろし作品を収録）

拵屋銀次郎半畳記
『俠客』（一）　徳間文庫　平成二十九年一月

浮世絵宗次日月抄
『天華の剣』（上・下）　光文社文庫　平成二十九年二月
祥伝社文庫　令和四年十月
（加筆修正を施し、『新刻改訂版』として刊行）

拵屋銀次郎半畳記
『俠客』（二）　徳間文庫　平成二十九年六月

拵屋銀次郎半畳記
『俠客』（三）　徳間文庫　平成三十年一月

浮世絵宗次日月抄
『汝よさらば』（一）　祥伝社文庫　平成三十年三月

拵屋銀次郎半畳記
『俠客』（四）　徳間文庫　平成三十年八月

浮世絵宗次日月抄
『汝よさらば』（二）　祥伝社文庫　平成三十一年三月

拵屋銀次郎半畳記
『俠客』(五)　徳間文庫　令和元年五月

浮世絵宗次日月抄
『汝よさらば』(三)　祥伝社文庫　令和元年十月

『黄昏坂七人斬り』　徳間文庫
(特別書下ろし作品を収録)　令和二年五月

拵屋銀次郎半畳記
『汝　想いて斬』(一)　徳間文庫　令和二年七月

浮世絵宗次日月抄
『汝よさらば』(四)　祥伝社文庫　令和二年九月

拵屋銀次郎半畳記
『汝　想いて斬』(二)　徳間文庫　令和三年三月

浮世絵宗次日月抄
『汝よさらば』(五)　祥伝社文庫　令和三年八月

拵屋銀次郎半畳記
『汝　想いて斬』(三)　徳間文庫　令和四年三月

拵屋銀次郎半畳記
『汝　戟とせば』(一)　徳間文庫　令和四年九月

『日暮坂右肘斬し』　徳間文庫　令和五年六月

『汝 戟とせば』(二)
拵屋銀次郎半畳記
徳間文庫
令和五年八月

『蒼瞳の騎士』(上)
浮世絵宗次日月抄
祥伝社文庫
令和六年五月

本書は「暗殺者サベル」と題し、『小説ＮＯＮ』（祥伝社刊）令和五年七月号〜六年二月号に掲載されたものに、著者が刊行に際し加筆修正したものです。

蒼瞳の騎士（上）

一〇〇字書評

切・り・取・り・線

購買動機（新聞、雑誌名を記入するか、あるいは○をつけてください）	
□（　　　　　　　　　）の広告を見て	
□（　　　　　　　　　）の書評を見て	
□ 知人のすすめで	□ タイトルに惹かれて
□ カバーが良かったから	□ 内容が面白そうだから
□ 好きな作家だから	□ 好きな分野の本だから

・最近、最も感銘を受けた作品名をお書き下さい

・あなたのお好きな作家名をお書き下さい

・その他、ご要望がありましたらお書き下さい

住所	〒				
氏名		職業		年齢	
Eメール	※携帯には配信できません	新刊情報等のメール配信を 希望する・しない			

この本の感想を、編集部までお寄せいただけたらありがたく存じます。今後の企画の参考にさせていただきます。Eメールでも結構です。

いただいた「一〇〇字書評」は、新聞・雑誌等に紹介させていただくことがあります。その場合はお礼として特製図書カードを差し上げます。

前ページの原稿用紙に書評をお書きの上、切り取り、左記までお送り下さい。宛先の住所は不要です。

なお、ご記入いただいたお名前、ご住所等は、書評紹介の事前了解、謝礼のお届けのためだけに利用し、そのほかの目的のために利用することはありません。

〒一〇一‐八七〇一
祥伝社文庫編集長 清水寿明
電話 〇三（三二六五）二〇八〇

祥伝社ホームページの「ブックレビュー」からも、書き込めます。
www.shodensha.co.jp/bookreview

祥伝社文庫

蒼瞳（そうとう）の騎士（きし）（上）浮世絵宗次日月抄（うきよえそうじじつげつしょう）

令和 6 年 5 月 20 日　初版第 1 刷発行

著　者　門田泰明（かどたやすあき）

発行者　辻　浩明

発行所　祥伝社（しょうでんしゃ）
東京都千代田区神田神保町 3-3
〒101-8701
電話　03（3265）2081（販売部）
電話　03（3265）2080（編集部）
電話　03（3265）3622（業務部）
www.shodensha.co.jp

印刷所　萩原印刷
製本所　ナショナル製本
カバーフォーマットデザイン　かとうみつひこ

Printed in Japan ©2024, Yasuaki Kadota ISBN978-4-396-35052-9 C0193

炎の如く燃え上がる、
宗次憤激の最高秘剣！

新刻改訂版

奥傳 夢千鳥

浮世絵宗次日月抄
〈上・下〉

老舗豪商を襲った非情の「黒凶賊」、
尾張柳生の凄腕剣客――
炸裂する神将伐折羅の如き宗次の剣舞！